中國語言文字研究輯刊

二二編

許學仁 主編

第 **19** 冊

《清華大學藏戰國竹簡（肆）～（柒）》
字根研究（第三冊）

范天培 著

花木蘭文化事業有限公司

國家圖書館出版品預行編目資料

《清華大學藏戰國竹簡（肆）～（柒）》字根研究（第三冊）
／范天培 著 -- 初版 -- 新北市：花木蘭文化事業有限公司，
2022〔民 111〕
目 4+158 面；21×29.7 公分
（中國語言文字研究輯刊 二二編；第 19 冊）
ISBN 978-986-518-845-0（精裝）
1.CST：簡牘文字 2.CST：詞根 3.CST：研究考訂
802.08   110022449

中國語言文字研究輯刊
二二編　　　第十九冊　　　　ISBN：978-986-518-845-0

《清華大學藏戰國竹簡（肆）～（柒）》
字根研究（第三冊）

作　　　者	范天培
主　　　編	許學仁
總 編 輯	杜潔祥
副總編輯	楊嘉樂
編輯主任	許郁翎
編　　　輯	張雅淋、潘玟靜、劉子瑄　美術編輯　陳逸婷
出　　　版	花木蘭文化事業有限公司
發 行 人	高小娟
聯絡地址	235 新北市中和區中安街七二號十三樓
	電話：02-2923-1455 ／傳真：02-2923-1452
網　　　址	http://www.huamulan.tw 信箱 service@huamulans.com
印　　　刷	普羅文化出版廣告事業
初　　　版	2022 年 3 月
定　　　價	二二編 28 冊（精裝）　台幣 92,000 元

《清華大學藏戰國竹簡(肆)～(柒)》字根研究(第三冊)

范天培 著

目

次

十九、月　類

136　月

單　字				
四/筮法/1/月	四/筮法/3/月	四/筮法/26/月	四/筮法/26/月	四/筮法/39/月
四/筮法/40/月	四/筮法/41/月	四/筮法/61/月	五/湯丘/3/月	五/湯門/1/月
五/湯門/6/月	五/湯門/7/月	五/湯門/7/月	五/湯門/7/月	五/湯門/7/月
五/湯門/7/月	五/湯門/7/月	五/湯門/7/月	五/湯門/8/月	五/湯門/8/月
五/三壽/11/月	六/管仲/12/月	六/鄭武/13/月	六/子儀/2/月	七/晉文/6/明
偏　旁				
四/筮法/39/名	五/厚父/1/明	五/厚父/9/明	五/厚父/11/明	五/封許/3/明

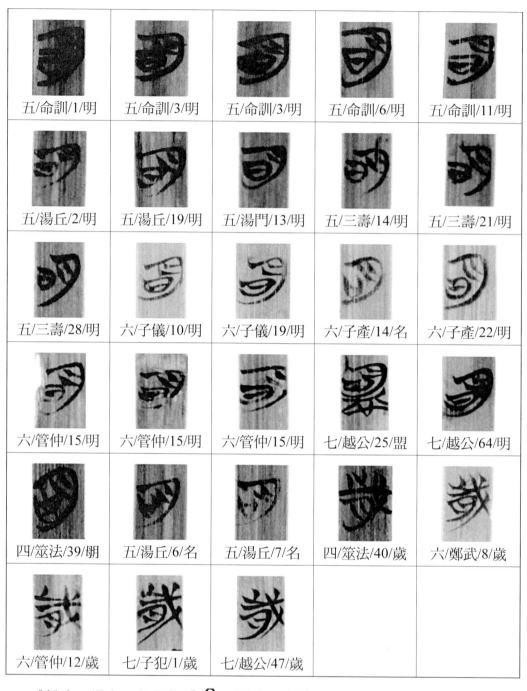

五/命訓/1/明	五/命訓/3/明	五/命訓/3/明	五/命訓/6/明	五/命訓/11/明
五/湯丘/2/明	五/湯丘/19/明	五/湯門/13/明	五/三壽/14/明	五/三壽/21/明
五/三壽/28/明	六/子儀/10/明	六/子儀/19/明	六/子產/14/名	六/子產/22/明
六/管仲/15/明	六/管仲/15/明	六/管仲/15/明	七/越公/25/盟	七/越公/64/明
四/筮法/39/朋	五/湯丘/6/名	五/湯丘/7/名	四/筮法/40/歲	六/鄭武/8/歲
六/管仲/12/歲	七/子犯/1/歲	七/越公/47/歲		

《說文・卷七・月部》：「☉，闕也。大陰之精。象形。凡月之屬皆从月」☽（《合集》21586），☾（《合集》2890），☾（《花東》159）。金文形體作：☽（《柞伯簋》），☽（《作冊大方鼎》），☽（《免簋》）。甲骨文「夕」、「月」同形，但亦有所區分。月字作☽形時，則夕作☽形；夕作☽形，則月作☽形。〔註157〕

〔註157〕于省吾主編：《甲骨文字詁林》，頁1116。

137　夕

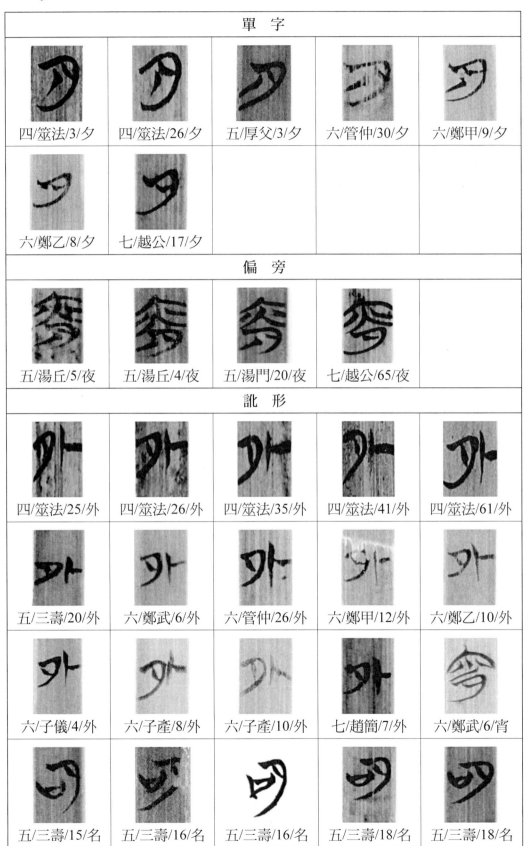

單　字				
四/筮法/3/夕	四/筮法/26/夕	五/厚父/3/夕	六/管仲/30/夕	六/鄭甲/9/夕
六/鄭乙/8/夕	七/越公/17/夕			
偏　旁				
五/湯丘/5/夜	五/湯丘/4/夜	五/湯門/20/夜	七/越公/65/夜	
訛　形				
四/筮法/25/外	四/筮法/26/外	四/筮法/35/外	四/筮法/41/外	四/筮法/61/外
五/三壽/20/外	六/鄭武/6/外	六/管仲/26/外	六/鄭甲/12/外	六/鄭乙/10/外
六/子儀/4/外	六/子產/8/外	六/子產/10/外	七/趙簡/7/外	六/鄭武/6/宵
五/三壽/15/名	五/三壽/16/名	五/三壽/16/名	五/三壽/18/名	五/三壽/18/名

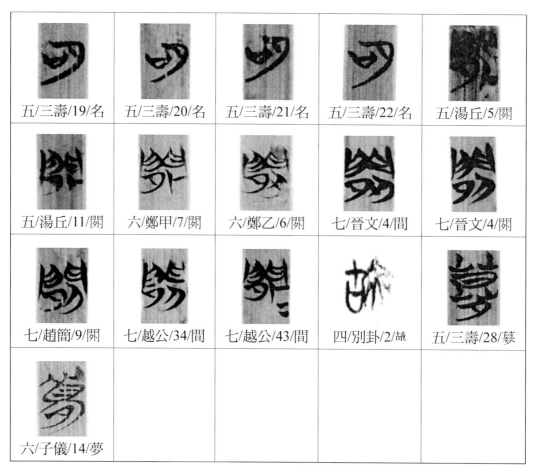

五/三壽/19/名	五/三壽/20/名	五/三壽/21/名	五/三壽/22/名	五/湯丘/5/閉
五/湯丘/11/閉	六/鄭甲/7/閉	六/鄭乙/6/閉	七/晉文/4/間	七/晉文/4/閉
七/趙簡/9/閉	七/越公/34/間	七/越公/43/間	四/別卦/2/飯	五/三壽/28/蔑
六/子儀/14/夢				

　　《說文‧卷七‧夕》：「𣇄，莫也。从月半見。凡夕之屬皆从夕。」甲骨文字形作：𖠚（《合集》19798），𖠚（《合集》903）。金文形體作：𖤐（《盂鼎》）。「夕」字當為象形字，早期古文字形體同「月」字同形。姚孝遂以為：甲骨文「夕」、「月」同形，都是象形字，象月亮之形。但二者同形，也會進行區別。月字作𖤐形時，則夕作𖤐形；夕作𖤐形，則月作𖤐形。〔註158〕

138　亙

單　字				
五/厚父/3/亙				

〔註158〕于省吾主編：《甲骨文字詁林》，頁1116。

偏　旁				
五/厚父/13/恆	五/湯丘/2/恆	六/子儀/3/絚	六/子儀/3/絚	六/子儀/15/恆
六/管仲/19/絚	六/管仲/27/緪			

　　《說文・卷十三・二部》：「㡓，常也。从心从舟，在二之閒上下。心以舟施，恆也。夗，古文恆从月。《詩》曰：『如月之恆。』」《說文・卷六・木部》：「橸，竟也。从木恆聲。亙，古文楥。」甲骨文形體寫作：丆（《合集》14749），乛（《合集》14768）。金文形體寫作：㓰（《恆父簋》），㔾（《師道簋》），㔾（《亙簋》）。季師謂：「『二』疑指天地，月出天地之間，而以半為恆見也。」〔註159〕

〔註159〕季師旭昇：《說文新證》，頁398。

二十、星 類

139 參

單 字				
四/筮法/1/參	四/筮法/3/參	四/筮法/3/參	四/筮法/5/參	四/筮法/5/參
四/筮法/7/參	四/筮法/7/參	四/筮法/9/參	四/筮法/9/參	四/筮法/12/參
四/筮法/14/參	四/筮法/16/參	四/筮法/18/參	四/筮法/28/參	五/三壽/1/參
六/子產/24/參	六/子產/25/參	六/子產/26/參	六/子產/26/參	六/子產/26/參
省 體				
六/管仲/8/參	六/管仲/8/參	七/子犯/4/參	六/管仲/11/叁	六/晉文/2/叁
七/晉文/3/叁	七/越公/30/叁	七/越公/28/叁	七/越公/29/叁	七/越公/19/叁

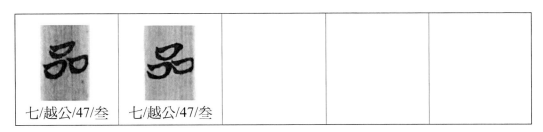				
七/越公/47/叄	七/越公/47/叄			

《說文・卷七・晶部》：「 啇，星也。从晶乡聲。，参或省。」《說文》「参」字屬於「連篆讀」，「参」字下或脫重文符號，應斷讀為：「，参商，星也。」甲骨文形體作：（《合集》1096），商代金文作（《備参父乙盉》）。金文形體作：（《裘衛盉》），（《中山王鼎》）。朱芳圃：「象参宿三星在人頭上，光芒下射之形。或省人，義同。」〔註160〕季師謂「参」字並非從「晶」，「乡」亦非聲。〔註161〕

140 商

單 字				
五/三壽/23/商	五/封許/3/商			

《說文・卷三・商部》：「，从外知內也。从商，章省聲。，古文商。，亦古文商。，籀文商。」甲骨文形體寫作：（《合集》32968），（《合集》7796），（《合集》11229 反）。金文形體寫作：（《利簋》），（《作父乙尊》）。季師認為，甲骨文的「商」字從「辛」在「丙」上，或表示制裁之意。後引申為制裁的意思。〔註162〕朱芳圃或以為，「商」字本意為「商」星。〔註163〕

〔註160〕朱芳圃：〈釋参〉《殷周金文釋叢》，頁37～38。
〔註161〕季師旭昇：《說文新證》，頁547。
〔註162〕季師旭昇：《說文新證》，頁152。
〔註163〕朱芳圃：《殷周文字釋叢》，頁36～37。

二十一、云 類

141 云

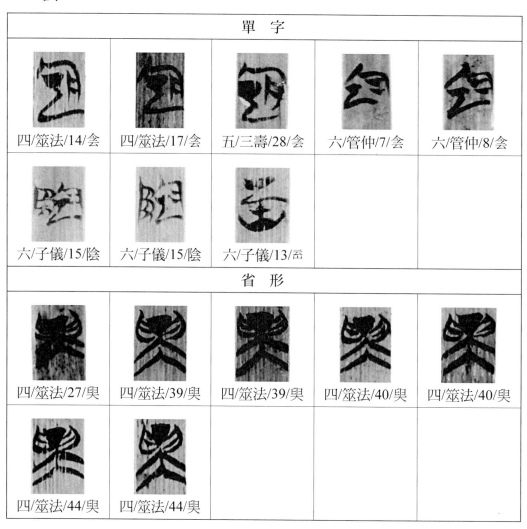

單 字				
四/筮法/14/会	四/筮法/17/会	五/三壽/28/会	六/管仲/7/会	六/管仲/8/会
六/子儀/15/陰	六/子儀/15/陰	六/子儀/13/吾		
省 形				
四/筮法/27/臾	四/筮法/39/臾	四/筮法/39/臾	四/筮法/40/臾	四/筮法/40/臾
四/筮法/44/臾	四/筮法/44/臾			

　　《說文・卷十一・云部》：「雲，山川气也。从雨，云象雲回轉形。凡雲之屬皆从雲。云古文省雨。云亦古文雲。」甲骨文形體云（《合集》13399），云（《合集》11407）。金文形體作云（《太子姑發劍》）。季師釋形作：云為合體象形，或說為從上、ɔ（象雲氣形）聲。〔註164〕

〔註164〕季師旭昇：《說文新證》，頁819。

142　勹

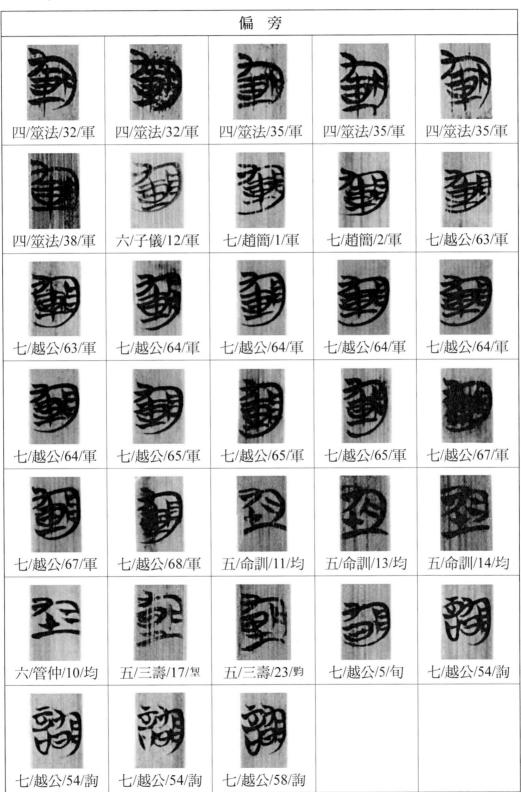

偏　旁				
四/筮法/32/軍	四/筮法/32/軍	四/筮法/35/軍	四/筮法/35/軍	四/筮法/35/軍
四/筮法/38/軍	六/子儀/12/軍	七/趙簡/1/軍	七/趙簡/2/軍	七/越公/63/軍
七/越公/63/軍	七/越公/64/軍	七/越公/64/軍	七/越公/64/軍	七/越公/64/軍
七/越公/64/軍	七/越公/65/軍	七/越公/65/軍	七/越公/65/軍	七/越公/67/軍
七/越公/67/軍	七/越公/68/軍	五/命訓/11/均	五/命訓/13/均	五/命訓/14/均
六/管仲/10/均	五/三壽/17/壐	五/三壽/23/鶰	七/越公/5/旬	七/越公/54/詢
七/越公/54/詢	七/越公/54/詢	七/越公/58/詢		

《說文・卷九・旬部》：「𠣙，徧也。十日為旬。从勹、日。𠣘，古文。」

甲骨文形體寫作：𐂂（《合集》137 正），𐂀（《合集》11697）。金文「旬」形
體寫作：𐂀（《新邑鼎》）。季師釋形作：「甲骨文『旬』字亦假『𐂂』字為之，
於是加一橫作『𐂀』者為『勹（旬）』。」〔註165〕

143　雨

單　字				
四/筮法/12/雨	四/筮法/14/雨	四/筮法/49/雨	四/筮法/61/雨	四/筮法/62/雨
七/子犯/11/雨				
偏　旁				
五/封許/2/雩	七/越公/3/雩	七/越公/5/雩	七/越公/6/雩	七/越公/6/雩
七/越公/7/雩	七/越公/7/雩	七/越公/9/雩	七/越公/10/雩	七/越公/10/雩
七/越公/13/雩	七/越公/15/雩	七/越公/16/雩	七/越公/18/雩	七/越公/19/雩
七/越公/22/雩	七/越公/24/雩	七/越公/25/雩	七/越公/26/雩	七/越公/26/雩

〔註165〕季師旭昇：《說文新證》，頁 270。

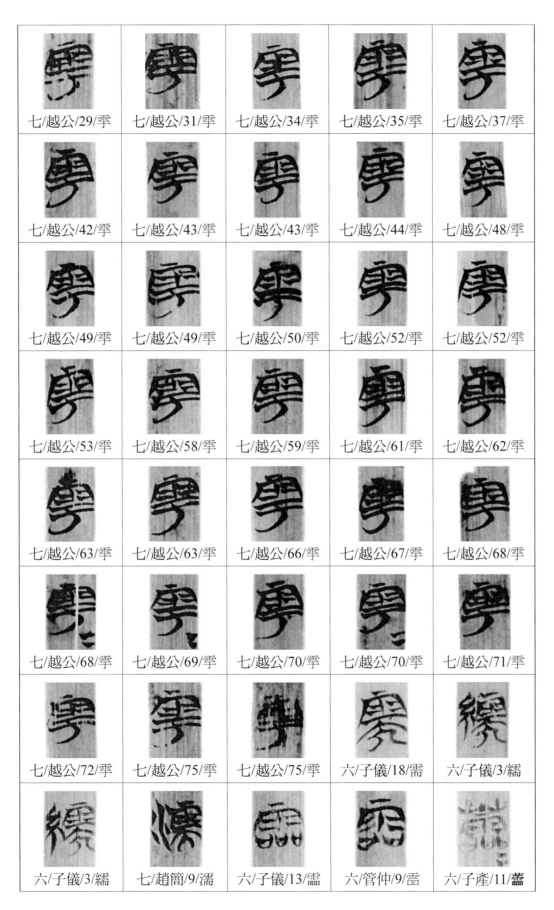

七/越公/29/霏	七/越公/31/霏	七/越公/34/霏	七/越公/35/霏	七/越公/37/霏
七/越公/42/霏	七/越公/43/霏	七/越公/43/霏	七/越公/44/霏	七/越公/48/霏
七/越公/49/霏	七/越公/49/霏	七/越公/50/霏	七/越公/52/霏	七/越公/52/霏
七/越公/53/霏	七/越公/58/霏	七/越公/59/霏	七/越公/61/霏	七/越公/62/霏
七/越公/63/霏	七/越公/63/霏	七/越公/66/霏	七/越公/67/霏	七/越公/68/霏
七/越公/68/霏	七/越公/69/霏	七/越公/70/霏	七/越公/70/霏	七/越公/71/霏
七/越公/72/霏	七/越公/75/霏	七/越公/75/霏	六/子儀/18/需	六/子儀/3/繻
六/子儀/3/繻	七/趙簡/9/濡	六/子儀/13/霝	六/管仲/9/䨯	六/子產/11/藠

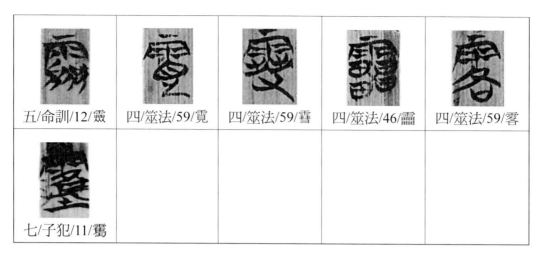

五/命訓/12/霝	四/筮法/59/霓	四/筮法/59/雪	四/筮法/46/靐	四/筮法/59/零
七/子犯/11/靄				

　　《說文・卷十一・雨部》:「雨,水从雲下也。一象天,冂象雲,水霝其閒也。凡雨之屬皆从雨。𩃬,古文。」甲骨文形體: ⅲ(《合集》20975), 𩁑(《合集》12340)。金文形: 𦥑(《子雨己鼎》)。季師釋形:「甲骨文ⅲ字『一』象天,其餘小點象雨。其後雨形外部連接成直綫,又與象天之『一』形結合。」〔註166〕

144　申

單　字				
四/筮法/54/申	四/筮法/54/申			
偏　旁				
五/厚父/2/神	五/厚父/13/神	五/湯門/11/神	五/湯門/18/神	五/湯門/20/神
五/三壽/14/神	五/三壽/15/戦	五/三壽/16/神	五/三壽/18/神	五/三壽/19/神

〔註166〕季師旭昇:《說文新證》,頁815。

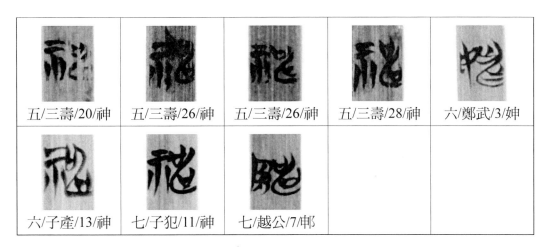

五/三壽/20/神	五/三壽/26/神	五/三壽/26/神	五/三壽/28/神	六/鄭武/3/妌
六/子產/13/神	七/子犯/11/神	七/越公/7/郙		

《說文‧卷十四‧申部》：「𢑚，神也。七月，陰气成，體自申束。从臼，自持也。吏臣餔時聽事，申旦政也。凡申之屬皆从申。𢑚，古文申。𢑚，籀文申。」甲骨文形體做：𢑚（《合集》20139），𢑚（《合集》22264）。金文形體寫作：𢑚（《哉弔鼎》）。季師釋形體為「電」字初文。〔註167〕

145　气

偏　旁			
六/子儀/14/汽	气/越公/20/燷		

《說文‧卷一‧气部》：「𢑚，雲气也。象形。凡气之屬皆从气。」甲骨文形體寫作：三（《合集》4884），三（《合集》6057 正）。金文形體寫作：𢑚（《天亡簋》），𢑚（《洹子孟姜壺》）。「气」或許為象形字，象形雲氣之形。〔註168〕

〔註167〕季師旭昇：《說文新證》，頁 982。
〔註168〕季師旭昇：《說文新證》，頁 59。

二十二、水　類

146　水

單 字				
四/筮法/17/水	四/筮法/52/水	四/筮法/52/水	五/厚父/12/水	五/湯門/19/水
五/三壽/1/水	五/三壽/7/水	五/三壽/16/水	六/子儀/6/水	七/越公/34/水
七/越公/65/水				
偏 旁				
五/湯丘/1/湯	五/湯丘/1/湯	五/湯丘/2/湯	五/湯丘/3/湯	五/湯丘/6/湯
五/湯丘/10/湯	五/湯丘/11/湯	五/湯丘/13/湯	五/湯丘/14/湯	五/湯丘/16/湯
五/湯丘/17/湯	五/湯丘/18/湯	五/湯門/1/湯	五/湯門/3/湯	五/湯門/5/湯

五/湯門/10/湯	五/湯門/11/湯	五/湯門/17/湯	五/湯門/19/湯	五/湯門/21/湯
五/三壽/23/湯	六/管仲/17/湯	六/管仲/17/湯	六/管仲/18/湯	七/子犯/11/湯
七/子犯/11/湯	七/越公/23/江	七/越公/63/江	七/越公/63/江	七/越公/64/江
七/越公/64/江	七/越公/65/江	七/越公/65/江	七/越公/66/江	七/越公/30/涉
七/越公/65/涉	七/越公/66/涉	七/越公/67/涉	七/越公/67/涉	六/鄭甲/1/溺
六/鄭甲/10/溺	六/鄭乙/1/溺	六/鄭乙/9/溺	七/子犯/5/溺	七/越公/32/溺
六/鄭甲/6/鑠	六/鄭乙/5/鑠	五/湯丘/18/淒	六/子儀/18/淒	四/筮法/48/卩水
六/子儀/6/潿	六/子儀/18/潿	七/越公/28/潚	七/越公/30/潚	五/厚父/5/渴

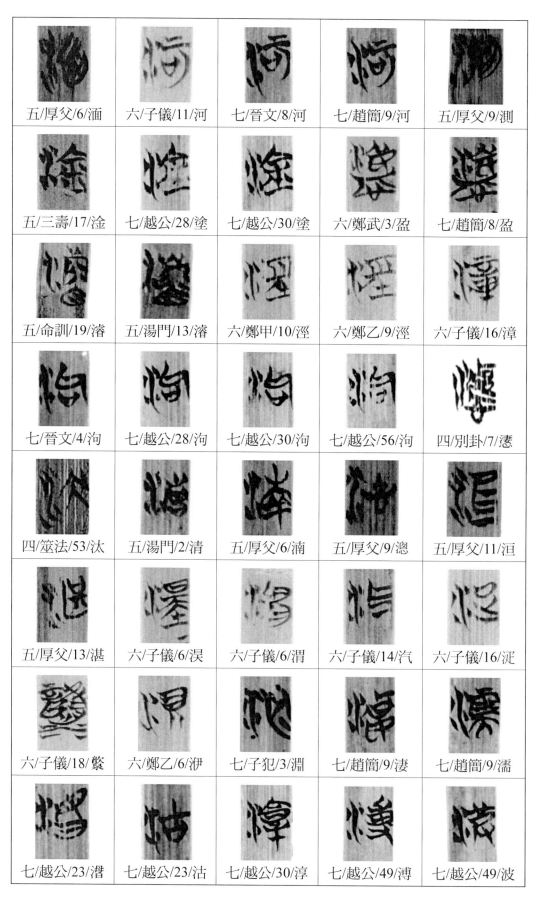

五/厚父/6/涵	六/子儀/11/河	七/晉文/8/河	七/趙簡/9/河	五/厚父/9/測
五/三壽/17/淦	七/越公/28/塗	七/越公/30/塗	六/鄭武/3/盈	七/趙簡/8/盈
五/命訓/19/潘	五/湯門/13/潘	六/鄭甲/10/涇	六/鄭乙/9/涇	六/子儀/16/漳
七/晉文/4/洵	七/越公/28/洵	七/越公/30/洵	七/越公/56/洵	四/別卦/7/潗
四/筮法/53/汰	五/湯門/2/清	五/厚父/6/湳	五/厚父/9/漗	五/厚父/11/洹
五/厚父/13/湛	六/子儀/6/溪	六/子儀/6/渭	六/子儀/14/汽	六/子儀/16/泜
六/子儀/18/縈	六/鄭乙/6/洢	七/子犯/3/淵	七/趙簡/9/淒	七/趙簡/9/濡
七/越公/23/潛	七/越公/23/沽	七/越公/30/淳	七/越公/49/溥	七/越公/49/波

七/越公/65/渝				

《說文・卷十一・水部》：「水，準也。北方之行。象眾水並流，中有微陽之气也。凡水之屬皆从水」甲骨文形體作：水（《合集》23532），水（《合集》33350）。金文形體作：水（《沈子它簋蓋》），水（《同簋蓋》）。水字為象形字，象流水之形。《說文》中的方位與陰陽之說，不可信。〔註169〕

147　川

單　字				
五/厚父/2/川	五/命訓/9/川	六/子產/16/川	六/子產/24/川	七/子犯/11/川
七/子犯/12/川				
偏　旁				
五/三壽/12/㤅	五/三壽/14/㤅	五/三壽/21/㤅	五/三壽/27/㤅	七/越公/32/訓
七/越公/33/訓	六/鄭武/14/遜			

〔註169〕季師旭昇：《說文新證》，頁795。

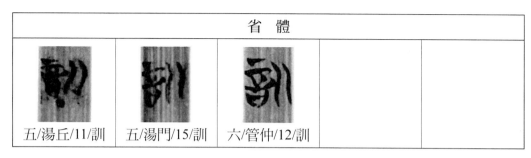

省 體				
五/湯丘/11/訓	五/湯門/15/訓	六/管仲/12/訓		

　　《說文‧卷十一‧川部》:「⟨⟨⟨,貫穿通流水也。《虞書》曰:『濬く⟨⟨,距川。』言深く⟨⟨之水會為川也。凡川之屬皆從川。」甲骨文形體作:⟨⟨⟨(《合集》9083),⟨⟨⟨(《合集》2161),⟨⟨⟨(《合集》18915)。⟨⟨⟨(《五祀衛鼎》),⟨⟨⟨(《宜侯夨簋》)。季師釋形作:「川地而流之水,象川形。」〔註170〕

148　⟨⟨⟨

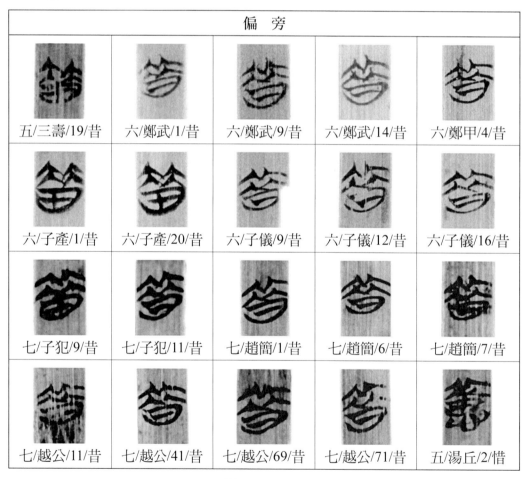

偏 旁				
五/三壽/19/昔	六/鄭武/1/昔	六/鄭武/9/昔	六/鄭武/14/昔	六/鄭甲/4/昔
六/子產/1/昔	六/子產/20/昔	六/子儀/9/昔	六/子儀/12/昔	六/子儀/16/昔
七/子犯/9/昔	七/子犯/11/昔	七/趙簡/1/昔	七/趙簡/6/昔	七/趙簡/7/昔
七/越公/11/昔	七/越公/41/昔	七/越公/69/昔	七/越公/71/昔	五/湯丘/2/惜

　　《說文‧卷十一‧川部》:「⟨⟨⟨,害也。從一雝川。《春秋傳》曰:『川雝為澤,凶。』」甲骨文「⟨⟨⟨」字寫作:⟨⟨⟨(《合集》36650),⟨⟨⟨(《合集》28847),

---

〔註170〕季師旭昇:《說文新證》,頁803。

〰〰〰（《合集》12836），〰〰（《合集》17205）。金文未見獨立形體，從「巛」之「昔」字寫作：（《大克鼎》），（《曶鼎》）。甲金文「巛」字或為指事字，或為形聲字。以「一」為指示符號，表示壅塞河川，以成水災。〔註171〕

149　淖

偏　旁				
四/筮法/1/淖	四/筮法/26/淖	四/筮法/39/淖	五/厚父/3/淖	五/湯丘/5/淖
六/鄭甲/9/淖	六/鄭乙/8/淖	七/晉文/1/淖	七/晉文/2/淖	七/晉文/3/淖
七/晉文/4/淖	七/趙簡/1/淖	七/越公/16/淖	七/子犯/3/淵	

　　《說文・卷十一・水部》：「𣶃，水朝宗于海。从水，朝省。」甲骨文字形𣶃（《前》4.13.3），學者認為是「潮」字初文，象潮水漲落的痕跡。甲骨文中的「朝」字形體寫作：𣊫（《合集》33130）。金文「淖」字寫作：𣊫（《盂鼎》），𣊫（《矢方彝》）。季師釋形作：「甲骨文『朝』字從日、月、艸，而金文以下皆從川（或川、水、巜），朝省聲，二形似不同……周代不見『朝』字，唯有『淖』字；『廟』字中所從，除塱鼎外，其餘亦均從『淖』。西漢以後又出現『朝』字，或為甲骨孑遺，或為『舟』形訛形，難以遽定。唯『朝』、『淖』二字似自此合流，義為朝夕、朝見。潮汐義則後世作『潮』。」〔註172〕

〔註171〕季師旭昇：《說文新證》，頁805。
〔註172〕季師旭昇：《說文新證》，頁540～541。

150　永

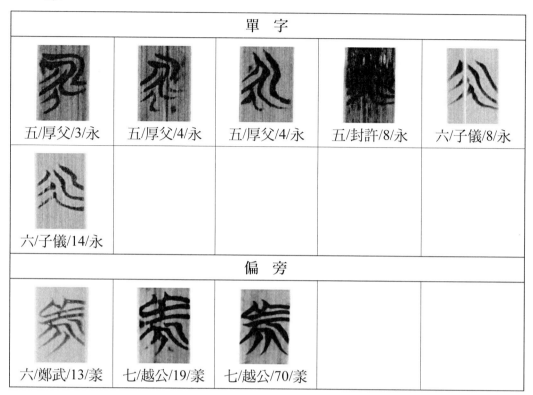

單　字				
五/厚父/3/永	五/厚父/4/永	五/厚父/4/永	五/封許/8/永	六/子儀/8/永
六/子儀/14/永				
偏　旁				
六/鄭武/13/羕	七/越公/19/羕	七/越公/70/羕		

　　《說文·卷十一·永部》：「𣱵，長也。象水巠理之長。《詩》曰：『江之永矣。』凡永之屬皆从永。」《說文·卷十一·辰部》：「𣲏，水之衺流，別也。从反永。凡辰之屬皆从辰。讀若稗縣。」甲骨文「永」字寫作：𣱵（《合集》248正），𣱵（《合集》8940）。金文形體寫作：𣱵（《禽鼎》），𣱵（《量侯鼎》），𣱵（《伯先父鬲》）。季師釋形作：「從『彳』表示水形，『卜』形象水巠理，全字象河水流行，巠理衍長之貌。『卜』形或訛為人形，於是其旁有增象水形的曲筆。」〔註173〕

151　𣲏

單　字				
五/厚父/12/𣲏	五/湯丘/18/𣲏			

〔註173〕季師旭昇：《說文新證》，頁808。

《說文・卷十一・水部》：「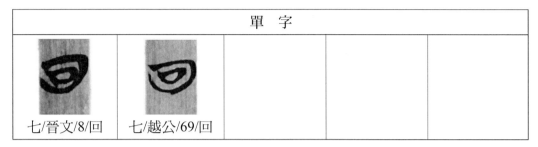，回水也。从水，象形。左右，岸也。中象水兒。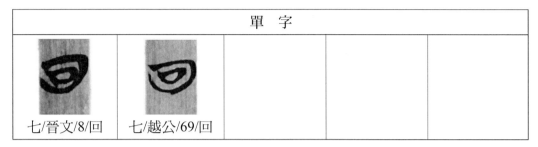，淵或省水。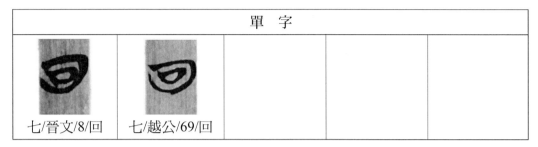古文从口、水。」甲骨文形體寫作：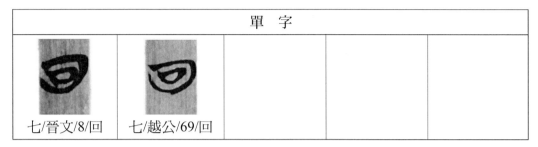（《屯南》722），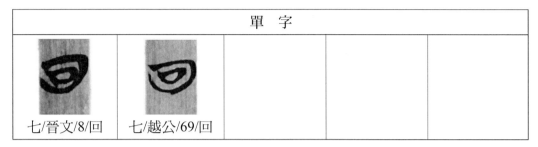（《合集》29401）金文形體寫作：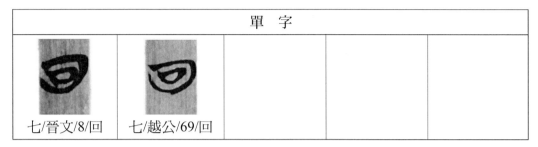（《沈子它簋》），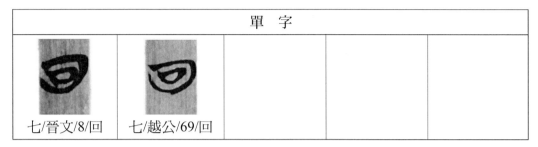（《史牆盤》）。「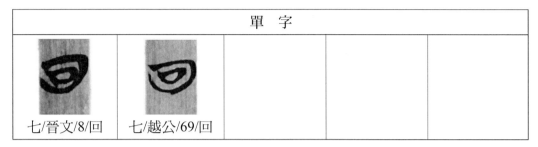」當為象形字，象回水之形。〔註174〕

152 回

單 字			
七/晉文/8/回	七/越公/69/回		

《說文・卷六・口部》：「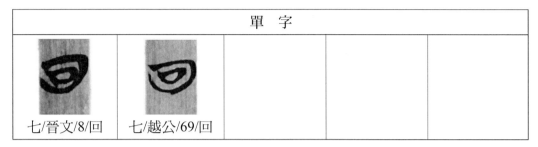，轉也。从口，中象回轉形。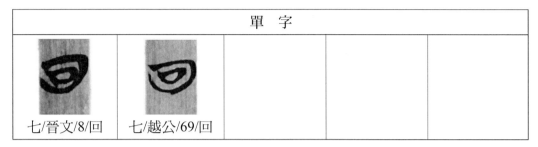，古文。」甲骨文形體寫作：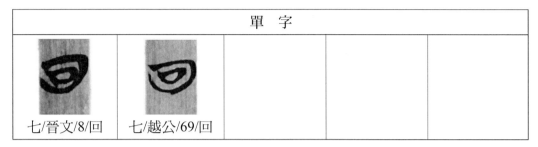（《甲編》903），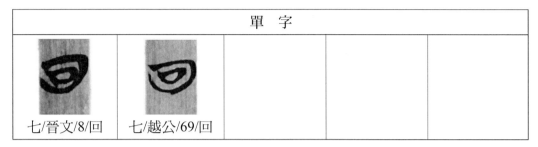（《甲編》3339）。金文形體寫作：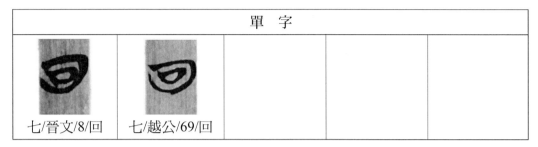（《回父丁爵》）。「回」字當為象形字，象回水形體，當為「淵」字的初文。

〔註175〕

153 亙

偏 旁				
五/三壽/22/恒	五/厚父/11/洹	五/封許/3/趄	六/鄭甲/4/趄	六/管仲/1/趄
六/管仲/2/趄	六/管仲/3/趄	六/管仲/5/趄	六/管仲/7/趄	六/管仲/8/趄
六/管仲/11/趄	六/管仲/14/趄	六/管仲/16/趄	六/管仲/20/趄	六/管仲/24/趄

〔註174〕季師旭昇：《說文新證》，頁797。

〔註175〕季師旭昇：《說文新證》，頁516。

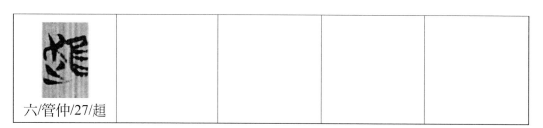

六/管仲/27/趄				

《說文・卷十三・二部》：「⑳，求亘也。从二从囘。囘，古文回，象亘回形。上下，所求物也。」甲骨文字形寫作：⊐（《合集》9289），ᕫ（《合集》6944），ᕬ（《合集》7076）。金文形體寫作：ᕫ（《亘㲋方鼎》），ᕬ（《虢季子白盤》「趄」字所從）。姚孝遂提出：「亘」與「回」本一字，後始分。〔註176〕「亘」字本意當為象淵水形。

154 囘

偏　旁				

六/子儀/20/没	七/越公/3/鍛			

《說文・卷三・又部》：「昮，入水有所取也。从又在囘下。囘，古文回。回，淵水也。讀若沬。」甲骨文有「拡」字，寫作：⽺（《合集》13404）。黃德寬、徐在國以為即「昮」字初文，上為「云」形演變。〔註177〕季師認為，上部當為象囘水之形。〔註178〕

155 侃

單　字				
七/越公/55/侃				

《說文・卷十一・川部》：「侃，剛直也。从仿，仿，古文信；从川，取

〔註176〕于省吾主編：《甲骨文字詁林》，頁2224。

〔註177〕黃德寬、徐在國：〈郭店楚簡文字續考〉《江漢考古》1999年第2期，頁75。

〔註178〕季師旭昇：《說文新證》，頁516。

其不捨晝夜。《論語》曰：『子路侃侃如也。』」甲骨文形體寫作：《合集》4913，（《合集》32297）。金文形體寫作：（《保侃母簋蓋》），（《士父鐘》）。「侃」字甲骨文形體與「衍」字同形，金文開始增加「口」形分化。表示喜樂之意。〔註179〕

156 泉

偏　旁				
六/子產/22/歠	六/子產/22/歠	六/子產/25/歠	七/越公/55/歠	七/越公/58/歠
六/鄭甲/8/原	六/鄭乙/7/原	七/晉文/7/菒		

　　《說文・卷十一・泉部》：「泉，水原也。象水流出成川形。凡泉之屬皆从泉。」甲骨文形體寫作：（《合集》8375），（《合集》8370），（《屯南》1178）。金文形體寫作：（《大克鼎》），（《散氏盤》）。「泉」字象泉水流出之形。〔註180〕

〔註179〕季師旭昇：《說文新證》，頁806。
〔註180〕季師旭昇：《說文新證》，頁807。

二十三、火　類

157　火

單　字				
四/筮法/18/火	四/筮法/52/火	五/湯門/19/火	七/越公/22/火	七/越公/60/火
七/越公/60/火				
偏　旁				
五/湯門/6/燹	五/湯門/6/燹	五/湯門/8/燹	五/湯門/8/燹	五/湯門/9/燹
五/湯門/9/燹	五/湯門/9/燹	五/湯門/9/燹	五/湯門/10/燹	六/管仲/23/燹
四/筮法/38/秋	四/筮法/20/秋	四/筮法/31/秋	四/筮法/31/秋	四/筮法/29/然
六/鄭武/16/然	六/鄭乙/2/然	六/子產/18/然	六/管仲/27/然	五/湯門/4/光

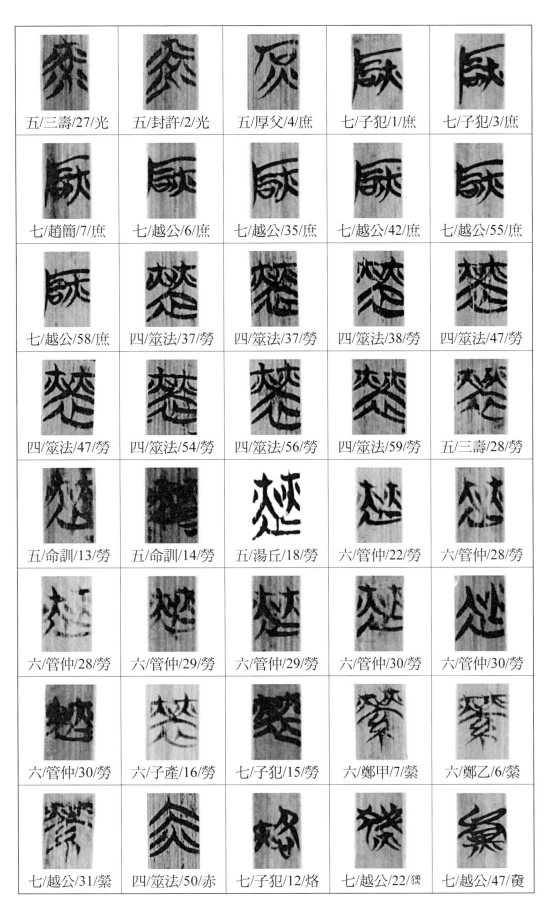

五/三壽/27/光	五/封許/2/光	五/厚父/4/庶	七/子犯/1/庶	七/子犯/3/庶
七/趙簡/7/庶	七/越公/6/庶	七/越公/35/庶	七/越公/42/庶	七/越公/55/庶
七/越公/58/庶	四/筮法/37/勞	四/筮法/37/勞	四/筮法/38/勞	四/筮法/47/勞
四/筮法/47/勞	四/筮法/54/勞	四/筮法/56/勞	四/筮法/59/勞	五/三壽/28/勞
五/命訓/13/勞	五/命訓/14/勞	五/湯丘/18/勞	六/管仲/22/勞	六/管仲/28/勞
六/管仲/28/勞	六/管仲/29/勞	六/管仲/29/勞	六/管仲/30/勞	六/管仲/30/勞
六/管仲/30/勞	六/子產/16/勞	七/子犯/15/勞	六/鄭甲/7/縈	六/鄭乙/6/縈
七/越公/31/縈	四/筮法/50/赤	七/子犯/12/烙	七/越公/22/獷	七/越公/47/奠

四/筮法/5/謹	四/筮法/48/寏	四/筮法/57/璗	五/湯門/9/燚	五/湯門/9/纘
七/越公/20/燺	七/越公/59/焚			
混　同				
七/晉文/6/熊				

《說文‧卷十‧火部》：「火，燬也。南方之行，炎而上。象形。凡火之屬皆从火。」火字甲骨文形體寫作：火（《合集》27317），火（《合集》2874），火（《合集》30774）。金文「赤」字寫作：赤（《麥方鼎》），下部為「火」；從「火」的「焚」字寫作：焚（《多友鼎》）。「火」字為象形字，象火之形。

158　皇

單　字			
五/厚父/3/皇	五/厚父/8/皇		

《說文‧卷一‧王部》：「皇，大也。从自。自，始也。始皇者，三皇，大君也。自，讀若鼻，今俗以始生子為鼻子。」甲骨文形體寫作：皇（《合集》6354），皇（《合集》6961）。金文形體寫作：皇（《皇鼎》），皇（《追簋》），皇（《杜伯盨》）。「皇」字可能是「煌」字初文，上象火炬，下象燭臺。[註181]

〔註181〕董蓮池：〈「皇」字取象皇羽說平議兼論「煌」字說〉《古文字研究（第31輯）》，頁46。

二十四、木 類

159 木

單　字				
四/筮法/16/木	四/筮法/56/木	四/筮法/60/木	五/湯門/19/木	六/管仲/9/木
偏　旁				
四/筮法/16/相	四/筮法/16/相	四/筮法/18/相	四/筮法/20/相	四/筮法/22/相
四/筮法/34/相	四/筮法/36/相	五/湯門/11/相	五/三壽/8/相	五/三壽/8/相
五/湯門/10/叟	五/湯丘/7/相	六/鄭武/2/相	六/鄭武/11/相	六/子產/14/相
六/子產/22/相	六/子儀/12/相	六/子儀/15/相	七/趙簡/8/相	七/趙簡/9/相
七/越公/10/相	七/越公/28/相	七/越公/63/相	五/命訓/4/樂	五/命訓/11/樂
五/命訓/13/樂	五/命訓/14/樂	五/厚父/13/樂	六/子產/6/樂	六/子產/7/樂

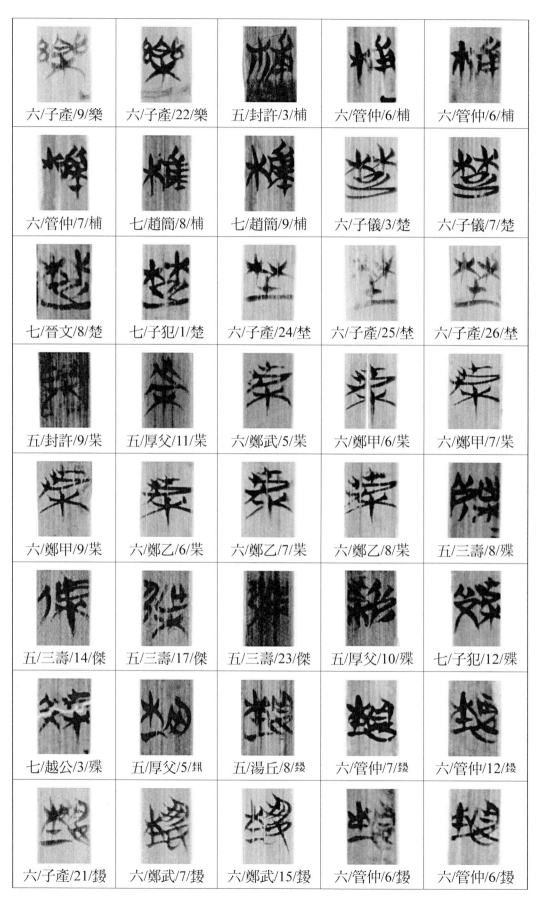

六/子產/9/樂	六/子產/22/樂	五/封許/3/栚	六/管仲/6/栚	六/管仲/6/栚
六/管仲/7/栚	七/趙簡/8/栚	七/趙簡/9/栚	六/子儀/3/楚	六/子儀/7/楚
七/晉文/8/楚	七/子犯/1/楚	六/子產/24/埜	六/子產/25/埜	六/子產/26/埜
五/封許/9/枼	五/厚父/11/枼	六/鄭武/5/枼	六/鄭甲/6/枼	六/鄭甲/7/枼
六/鄭甲/9/枼	六/鄭乙/6/枼	六/鄭乙/7/枼	六/鄭乙/8/枼	五/三壽/8/殜
五/三壽/14/傑	五/三壽/17/傑	五/三壽/23/傑	五/厚父/10/殜	七/子犯/12/殜
七/越公/3/殜	五/厚父/5/槸	五/湯丘/8/鍰	六/管仲/7/鍰	六/管仲/12/鍰
六/子產/21/鍰	六/鄭武/7/鍰	六/鄭武/15/鍰	六/管仲/6/鍰	六/管仲/6/鍰

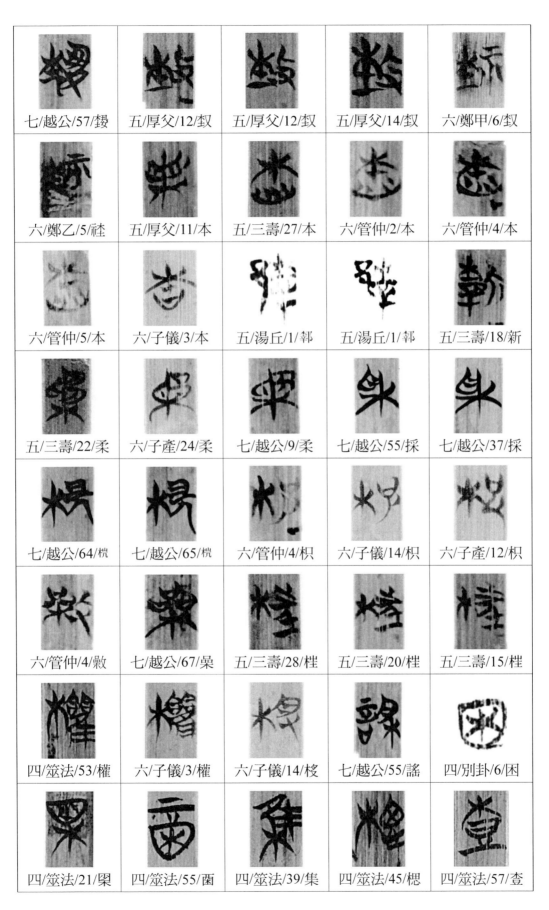

七/越公/57/䎝	五/厚父/12/叙	五/厚父/12/叙	五/厚父/14/叙	六/鄭甲/6/叙
六/鄭乙/5/祍	五/厚父/11/本	五/三壽/27/本	六/管仲/2/本	六/管仲/4/本
六/管仲/5/本	六/子儀/3/本	五/湯丘/1/鄁	五/湯丘/1/鄁	五/三壽/18/新
五/三壽/22/柔	六/子產/24/柔	七/越公/9/柔	七/越公/55/採	七/越公/37/採
七/越公/64/槊	七/越公/65/槊	六/管仲/4/枳	六/子儀/14/枳	六/子產/12/枳
六/管仲/4/斂	七/越公/67/梟	五/三壽/28/桻	五/三壽/20/桻	五/三壽/15/桻
四/筮法/53/權	六/子儀/3/權	六/子儀/14/桵	七/越公/55/謠	四/別卦/6/困
四/筮法/21/楘	四/筮法/55/菡	四/筮法/39/集	四/筮法/45/楒	四/筮法/57/壴

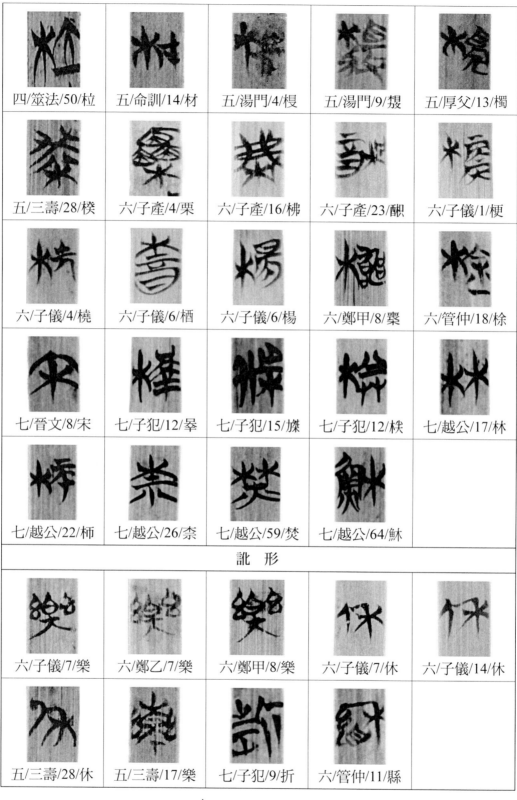

四/筮法/50/粒	五/命訓/14/材	五/湯門/4/榠	五/湯門/9/槼	五/厚父/13/欘
五/三壽/28/樧	六/子產/4/栗	六/子產/16/梻	六/子產/23/醓	六/子儀/1/梗
六/子儀/4/橈	六/子儀/6/栖	六/子儀/6/楊	六/鄭甲/8/粜	六/管仲/18/桧
七/晉文/8/宋	七/子犯/12/皐	七/子犯/15/橣	七/子犯/12/枂	七/越公/17/林
七/越公/22/杮	七/越公/26/柰	七/越公/59/焚	七/越公/64/鮇	

訛　形

六/子儀/7/樂	六/鄭乙/7/樂	六/鄭甲/8/樂	六/子儀/7/休	六/子儀/14/休
五/三壽/28/休	五/三壽/17/樂	七/子犯/9/折	六/管仲/11/縣	

　　《說文・卷六・木部》：「木，冒也。冒地而生。東方之行。从中，下象其根。凡木之屬皆从木。」甲骨文形體作：木（《合集》27694），木（《合集》33193）。金文形體作：木（《木瓶》），木（《散氏盤》）。木字為獨體象形字，上部為樹木

枝葉，下部為根莖。

160　本

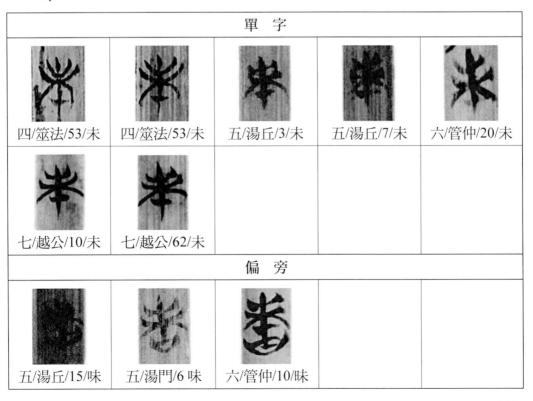

《說文‧卷六‧木部》：「，木下曰本。从木，一在其下。，古文。」「本」字形體未見甲骨卜辭，金文形體寫作：（《本鼎》）。「本」字為指事字，在「木」字下增加一圓點為指事符號，表示樹木的根部。在文字演變過程中，圓點符號逐步變化為「一」形。《說文》釋形之說可從。

161　未

單　字				
四/筮法/53/未	四/筮法/53/未	五/湯丘/3/未	五/湯丘/7/未	六/管仲/20/未
七/越公/10/未	七/越公/62/未			
偏　旁				
五/湯丘/15/味	五/湯門/6/味	六/管仲/10/昧		

合 文			
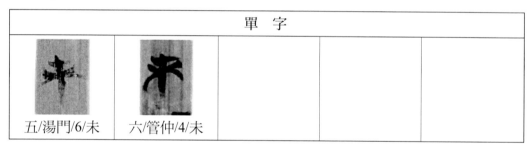 四/別卦/4/歸妹			

《說文‧卷十四‧未部》：「未，味也。六月，滋味也。五行，木老於未。象木重枝葉也。凡未之屬皆从未。」甲骨文形體作：夫（《合集》21145），未（《合集》19831），未（《合集》26908）。金文形體作：未（《利簋》），未（《多友鼎》），未（《小臣守簋》）。林義光：「木重枝葉，非滋味之意。古未與枚同音，當即枚之古文。枝幹也，從木，多其枝。」〔註182〕季師旭昇：「象形。地支名為假借。樹木枝葉茂盛成熟有滋味。甲骨文未字從木，或象其枝條茂盛、或重其枝條，以示枝葉茂盛成熟有滋味。」〔註183〕

162 末

單 字				
五/湯門/6/末	六/管仲/4/末			

《說文‧卷六‧木部》：「末，木上曰末。从木，一在其上。」甲骨文未見「末」字形體，金文寫作：末（《蔡侯紐鍾》），末（《蔡侯鎛》）。高鴻縉謂：「末取木梢為意。故就木而指明其梢為末。」〔註184〕

163 果

單 字				
 四/筮法/40/果	四/筮法/41/果	四/筮法/41/果	四/筮法/41/果	四/筮法/41/果

〔註182〕 林義光：《文源》，頁 301。
〔註183〕 季師旭昇：《說文新證》，頁 175。
〔註184〕 高鴻縉：《中國字例》，頁 372。

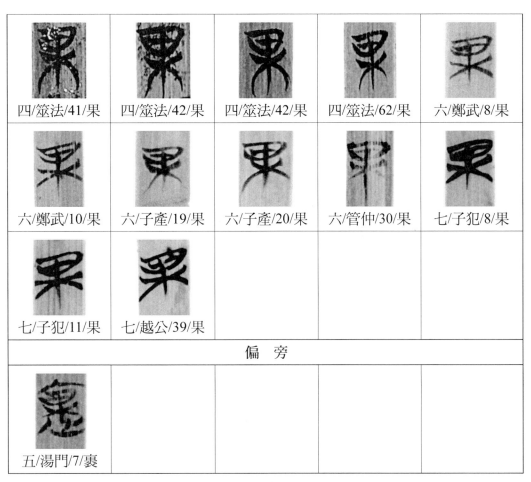

四/筮法/41/果	四/筮法/42/果	四/筮法/42/果	四/筮法/62/果	六/鄭武/8/果
六/鄭武/10/果	六/子產/19/果	六/子產/20/果	六/管仲/30/果	七/子犯/8/果
七/子犯/11/果	七/越公/39/果			
偏　旁				
五/湯門/7/裹				

　　《說文・卷六・木部》：「，木實也。从木，象果形在木之上。」「果」字金文始見：（《果簋》）。果字為合體象形字，戰國文字省略了代表果實的點畫，上部寫作田形。

164　枽

單　字			
五/厚父/12/枽	六/子產/6/枽		
偏　旁			
七/越公/6/鄰			

《說文・卷六・桼部》：「桼，木汁。可以髹物。象形。桼如水滴而下。凡桼之屬皆从桼。」甲骨文 （《粹》1174），陳夢家釋作「桼」。〔註185〕「桼」從木，小點象漆汁形。字當為合體象形。〔註186〕

165 栗

偏　旁			
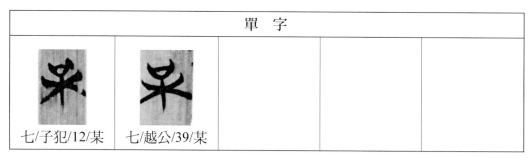			
六/子產/4/栗			

《說文・卷七・卤部》：「栗，木也。从木，其實下垂，故从卤。 古文栗从西从二卤。徐巡說：木至西方戰栗。」甲骨文字形寫作： （《合集》5477）， （《合集》10934）。「栗」字當為象形字。葉玉森謂字上象栗子果實外刺毛形，意見可從。〔註187〕

166 某

單　字				
七/子犯/12/某	七/越公/39/某			

《說文・卷六・木部》：「某，酸果也。从木从甘。闕。 ，古文某从口。」甲骨文未見可以確釋為「某」字的形體，金文形體寫作： （《禽簋》）， （《諫簋》）。何琳儀認為：「『某』字從甘，從木，會梅子酸甜之意。木亦聲。」〔註188〕

〔註185〕 陳夢家：《殷虛卜辭綜述》，頁183。
〔註186〕 季師旭昇：《說文新證》，頁512。
〔註187〕 李孝定：《甲骨文字集釋》，頁2313～2314。
〔註188〕 何琳儀：《戰國古文字典》，頁131。

167　者

單　字				
四/筮法/16/者	四/筮法/18/者	四/筮法/22/者	四/筮法/44/者	四/筮法/47/者
四/筮法/47/者	四/筮法/47/者	四/筮法/47/者	四/筮法/48/者	四/筮法/48/者
四/筮法/49/者	四/筮法/50/者	五/命訓/10/者	五/命訓/11/者	六/鄭武/2/者
六/鄭甲/12/者	六/鄭乙/10/者	六/子儀/4/者	六/子儀/12/者	六/子儀/12/者
六/子儀/15/者	六/子儀/15/者	六/子儀/16/者	六/子儀/19/者	六/子產/14/者
六/子產/14/者	六/子產/29/者	六/管仲/1/者	六/管仲/2/者	六/管仲/15/者
六/管仲/15/者	六/管仲/15/者	六/管仲/15/者	六/管仲/18/者	六/管仲/19/者

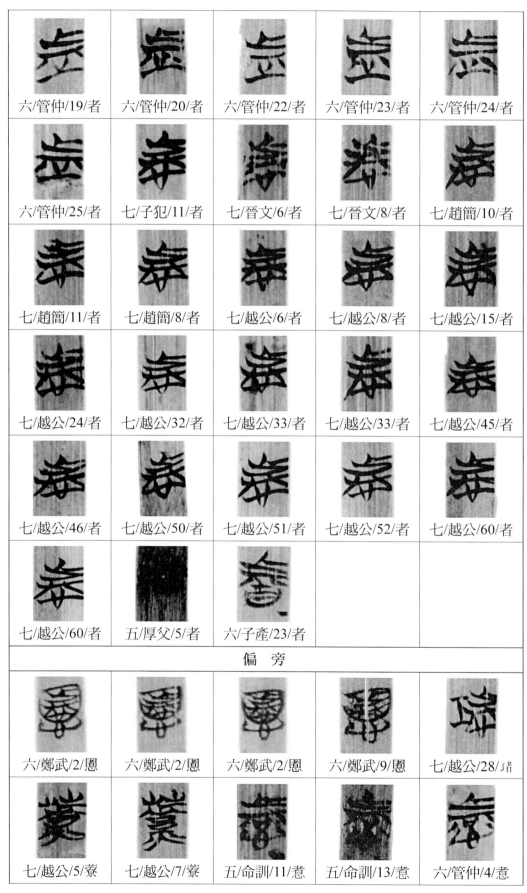

六/管仲/19/者	六/管仲/20/者	六/管仲/22/者	六/管仲/23/者	六/管仲/24/者
六/管仲/25/者	七/子犯/11/者	七/晉文/6/者	七/晉文/8/者	七/趙簡/10/者
七/趙簡/11/者	七/趙簡/8/者	七/越公/6/者	七/越公/8/者	七/越公/15/者
七/越公/24/者	七/越公/32/者	七/越公/33/者	七/越公/33/者	七/越公/45/者
七/越公/46/者	七/越公/50/者	七/越公/51/者	七/越公/52/者	七/越公/60/者
七/越公/60/者	五/厚父/5/者	六/子產/23/者		
偏　旁				
六/鄭武/2/恩	六/鄭武/2/恩	六/鄭武/2/恩	六/鄭武/9/恩	七/越公/28/者
七/越公/5/蓑	七/越公/7/蓑	五/命訓/11/意	五/命訓/13/意	六/管仲/4/意

六/管仲/5/意	七/越公/11/意	五/三壽/9/箸	六/管仲/9/都	

　　《說文·卷四·白部》:「𦥯，別事詞也。从白㫃聲。㫃，古文旅字。」陳劍在 2019 至 2020 學年秋季學期臺北政治大學客座授課中提出,「者」字或從甲骨文「寮」字分化而來。甲骨文中「寮」字寫作:𣂤（《合集》34623）。或在下部增加「火」寫作:𤇪（《合集》28180）。金文形體寫作:𣂤（《乖伯簋》）,𣂤（《免簋》）,𣂤（《衛盉》）。「寮」字或增加「呂」聲寫作:𣂤（《毛公鼎》）。陳劍提出:「『呂』可以作『寮』的聲符,我們知道,『予』字本是從『呂』字分化而來的,而從『予』聲的『紓』字跟從『者』聲的『緒』字可以相通,從『予』聲的『序』字跟『緒』字更是古音完全相同,也可通用。」

二十五、禾 類

168 禾

單 字				
五/湯丘/1/和	五/湯丘/3/和	五/湯丘/7/和	五/三壽/17/和	五/三壽/19/和
五/三壽/28/和	五/命訓/11/和	五/命訓/14/和	六/子儀/6/和	六/子儀/7/和
六/子產/12/和	六/子產/27/和	六/管仲/10/和	六/管仲/17/和	六/管仲/22/和
七/子犯/11/和	七/越公/48/和	四/筮法/31/利	五/命訓/6/利	五/湯丘/8/利
五/湯丘/16/利	五/三壽/13/利	五/三壽/21/利	五/三壽/26/則	六/子產/1/利
六/子產/5/利	六/子產/15/利	六/管仲/23/利	六/管仲/23/利	六/管仲/24/利
六/管仲/26/利	六/管仲/27/利	七/子犯/2/利	七/子犯/3/利	七/子犯/5/利

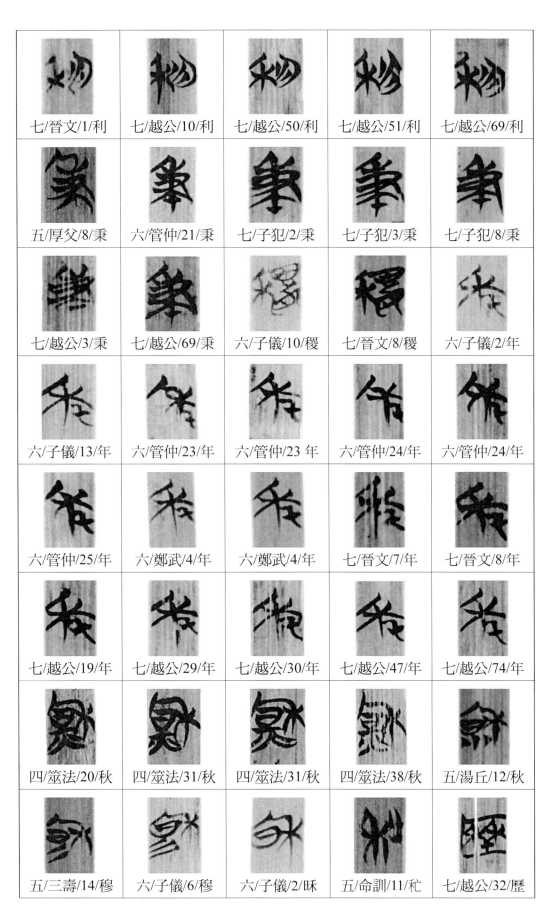

七/晉文/1/利	七/越公/10/利	七/越公/50/利	七/越公/51/利	七/越公/69/利
五/厚父/8/秉	六/管仲/21/秉	七/子犯/2/秉	七/子犯/3/秉	七/子犯/8/秉
七/越公/3/秉	七/越公/69/秉	六/子儀/10/稷	七/晉文/8/稷	六/子儀/2/年
六/子儀/13/年	六/管仲/23/年	六/管仲/23 年	六/管仲/24/年	六/管仲/24/年
六/管仲/25/年	六/鄭武/4/年	六/鄭武/4/年	七/晉文/7/年	七/晉文/8/年
七/越公/19/年	七/越公/29/年	七/越公/30/年	七/越公/47/年	七/越公/74/年
四/筮法/20/秋	四/筮法/31/秋	四/筮法/31/秋	四/筮法/38/秋	五/湯丘/12/秋
五/三壽/14/穆	六/子儀/6/穆	六/子儀/2/眛	五/命訓/11/秅	七/越公/32/歷

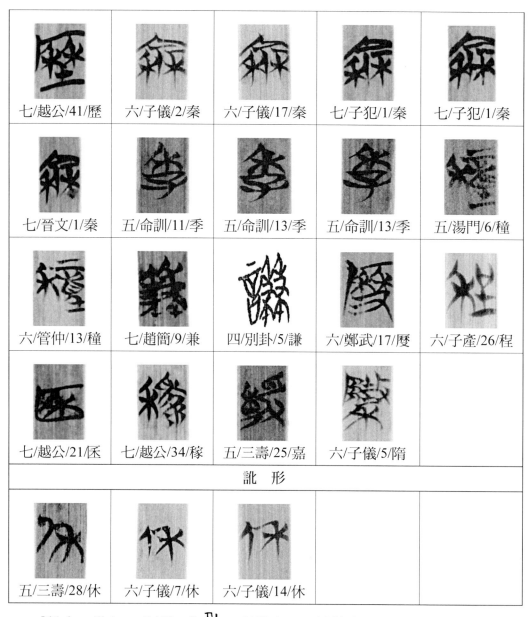

七/越公/41/歷	六/子儀/2/秦	六/子儀/17/秦	七/子犯/1/秦	七/子犯/1/秦
七/晉文/1/秦	五/命訓/11/季	五/命訓/13/季	五/命訓/13/季	五/湯門/6/穜
六/管仲/13/穜	七/趙簡/9/兼	四/別卦/5/謙	六/鄭武/17/厤	六/子產/26/程
七/越公/21/秝	七/越公/34/稼	五/三壽/25/嘉	六/子儀/5/隋	
訛　形				
五/三壽/28/休	六/子儀/7/休	六/子儀/14/休		

　　《說文·卷七·禾部》：「🈂️，嘉穀也。二月始生，八月而孰，得時之中，故謂之禾。禾，木也。木王而生，金王而死。从木，从𠂹省。𠂹象其穗。凡禾之屬皆从禾。」甲骨文形體作：🈂️（《合集》20575），🈂️（《合集》09464），🈂️（《合集》22246）。金文形體作：🈂️（《大禾方鼎》），🈂️（《禾卣》）。「禾」是獨體象形字，上面的部分象禾苗的莖葉，下面的部分象禾株的根莖。狹義指的是「稷」，廣義指的是穀物。

169　柬

偏　旁				
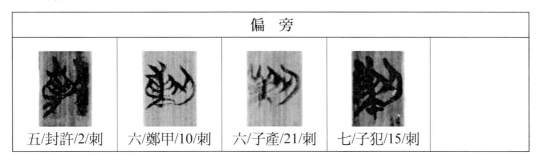				
五/封許/2/刺	六/鄭甲/10/刺	六/子產/21/刺	七/子犯/15/刺	

《說文卷七·禾部》:「𥡰，黍穰也。从禾㓞聲。」甲骨文形體作：𣎵（《合集》31198），𣏾（《合集》21825）。金文形體寫作：𣏾（《瘋鐘》「刺」字所從）、𣏾（《牆盤》「刺」字所從）。郭沫若:「從禾加束，以示莖之所在，指事字也。」〔註189〕裘錫圭認為:「棃」之初文，並謂是「禾、黍一類穀物的莖稈之名。」〔註190〕

170　穆

單　字				
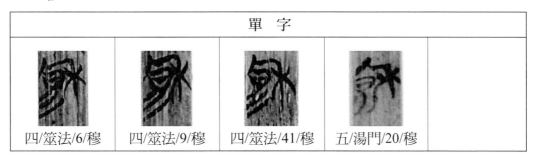				
四/筮法/6/穆	四/筮法/9/穆	四/筮法/41/穆	五/湯門/20/穆	

《說文·卷七·禾部》:「𥢖，禾也。从禾㣎聲。」甲骨文形體寫作：𥢴（《合集》7563），𥢴（《合集》28400），𥢴（《合集》33373）。金文形體寫作：𥢴（《穆公簋蓋》），𥢴（《戎生編鍾》）。于省吾釋形作:「象有芒穎之禾穗下垂形。」〔註191〕

〔註189〕郭沫若:《殷契編考釋》，頁113。
〔註190〕裘錫圭:〈甲骨文中所見的商代農業〉《裘錫圭學術文集（卷一）》，頁256。
〔註191〕于省吾:《甲骨文字釋林》，頁146。

171　來

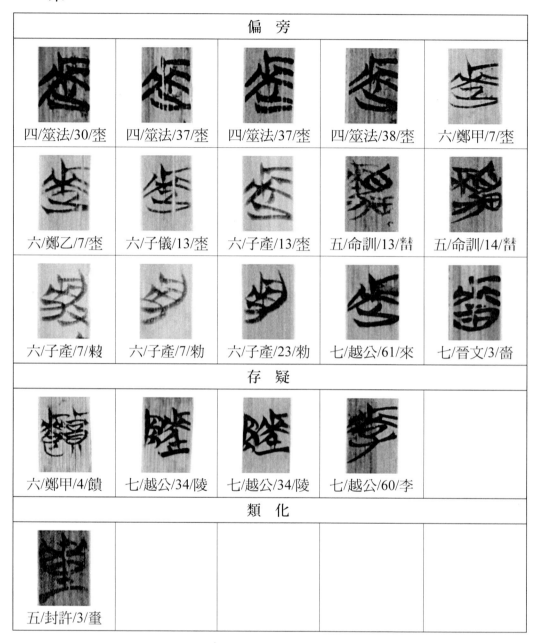

偏　旁				
四/筮法/30/埜	四/筮法/37/埜	四/筮法/37/埜	四/筮法/38/埜	六/鄭甲/7/埜
六/鄭乙/7/埜	六/子儀/13/埜	六/子產/13/埜	五/命訓/13/嗇	五/命訓/14/嗇
六/子產/7/穀	六/子產/7/勑	六/子產/23/勑	七/越公/61/來	七/晉文/3/嗇
存　疑				
六/鄭甲/4/饋	七/越公/34/陵	七/越公/34/陵	七/越公/60/李	
類　化				
五/封許/3/堇				

　　《說文・卷五・來部》：「〔來〕，周所受瑞麥來麰。一來二縫，象芒束之形。天所來也，故為行來之來。《詩》曰：『詒我來麰。』凡來之屬皆从來。」甲骨文形體作：〔來〕（《合集》00137），〔來〕（《合集》21095），〔來〕（《合集》20017）。金文形體作：〔來〕（《史牆盤》），〔來〕（《作冊大方鼎》）。羅振玉釋形為：「卜辭中諸來字皆象形。其穗或垂或否者，麥之莖強與禾不同。」〔註192〕

〔註192〕羅振玉：《增訂殷墟書契考釋（中）》，頁34。

172 齊

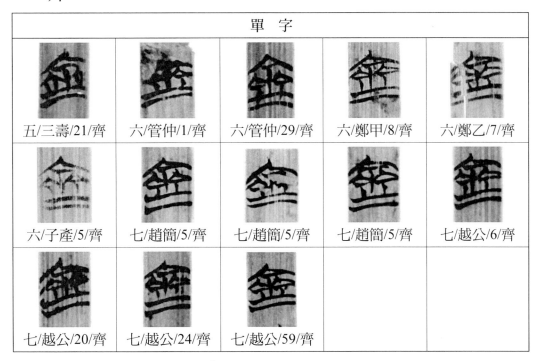

單 字				
五/三壽/21/齊	六/管仲/1/齊	六/管仲/29/齊	六/鄭甲/8/齊	六/鄭乙/7/齊
六/子產/5/齊	七/趙簡/5/齊	七/趙簡/5/齊	七/趙簡/5/齊	七/越公/6/齊
七/越公/20/齊	七/越公/24/齊	七/越公/59/齊		

《說文·卷七·齊部》:「齊，禾麥吐穗上平也。象形。凡亝之屬皆从亝。」甲骨文形體作：𠅃（《合集》36493），𠅃（《合集》36803）。金文形體作：𪓐（《齊姜鼎》），𪓐（《齊侯子行匜》），𪓐（《十四年陳侯午敦》）。《說文》釋形作：「禾麥吐穗上平。」應當是象形，象麥禾穗上平齊。何琳儀認為：「象蒺藜多刺之形，齊之初文。」〔註193〕

173 米

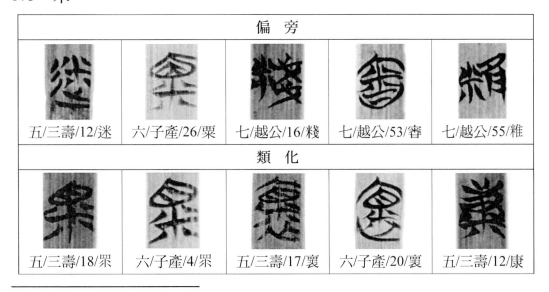

偏 旁				
五/三壽/12/迷	六/子產/26/粟	七/越公/16/粦	七/越公/53/睿	七/越公/55/粧
類 化				
五/三壽/18/罘	六/子產/4/罘	五/三壽/17/襄	六/子產/20/襄	五/三壽/12/康

〔註193〕何琳儀：《戰國古文字典》，頁1268。

六/子儀/17/糧	七/晉文/6/糧	七/越公/5/糧	七/越公/4/料	七/越公/23/料

《說文・卷七・米部》:「米,粟實也。象禾實之形。凡米之屬皆从米。」甲骨文形體寫作:米(《合集》32024),米(《合集》34592),米(《屯南》1126)。金文形體寫作: 米(《史免匜》「稻」下為「米」),米(《伯公父匜》)。羅振玉謂:「象米粒瑣碎縱橫之狀。」〔註194〕李孝定謂「疑中一畫乃象簸形。」〔註195〕

如表格中的「罘」字所從的「米」形,實非「米」字。戰國楚簡中寫作「米」的形體,或許是從甲骨、金文中的「沙/少」形演變而來。類似的演變字例,如「罘」、「康」。

174 黍

偏　旁				
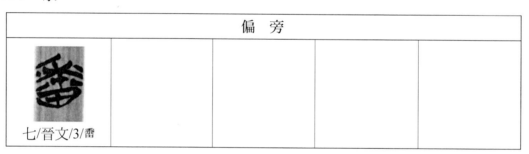				
七/晉文/3/番				

《說文・卷七・黍部》:「黍,禾屬而黏者也。以大暑而種,故謂之黍。从禾,雨省聲。孔子曰:『黍可為酒,禾入水也。』凡黍之屬皆从黍。」甲骨文形體寫作:黍(《合集》9951),黍(《合集》20649),黍(《合集》30982)。金文形體寫作:黍(《仲且父盤》)。「黍」當為象形字,禾屬而黏者,應該是比較高級的穀物。〔註196〕

〔註194〕羅振玉:《增訂殷虛書契考釋(中)》,頁 34。
〔註195〕李孝定:《甲骨文字集釋》,頁 2397。
〔註196〕李師旭昇:《說文新證》,頁 578。

二十六、中　類

175　中

偏　旁				
六/管仲/9/屮	七/越公/33/卉	四/筮法/43/莫	四/筮法/49/莫	五/厚父/11/莫
五/命訓/5/莫	五/命訓/5/莫	五/命訓/10/莫	五/命訓/10/莫	五/命訓/10/莫
五/命訓/11/莫	五/命訓/11/莫	五/三壽/4/莫	五/三壽/5/莫	五/三壽/6/莫
五/三壽/7/莫	五/三壽/7/莫	五/三壽/17/莫	五/三壽/20/莫	六/鄭甲/10/莫
六/鄭乙/9/莫	六/管仲/22/莫	六/子儀/9/莫	七/子犯/11/莫	七/子犯/11/莫
七/子犯/13/莫	七/越公/35/莫	七/越公/58/莫	七/越公/60/莫	五/三壽/28/蓦
五/三壽/26/蓦	四/筮法/60/青	五/湯門/1/青	六/鄭乙/2/青	六/子產/9/青

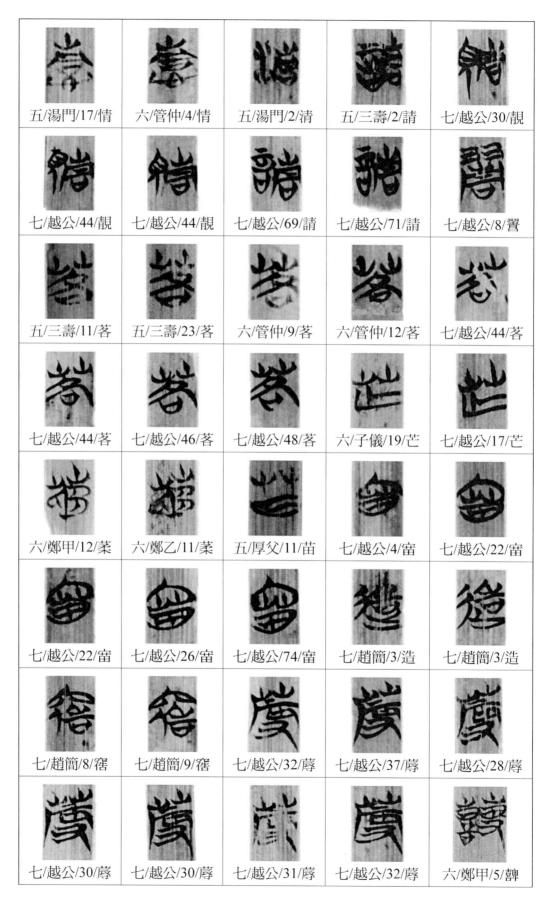

五/湯門/17/情	六/管仲/4/情	五/湯門/2/清	五/三壽/2/請	七/越公/30/靚
七/越公/44/靚	七/越公/44/靚	七/越公/69/請	七/越公/71/請	七/越公/8/置
五/三壽/11/茖	五/三壽/23/茖	六/管仲/9/茖	六/管仲/12/茖	七/越公/44/茖
七/越公/44/茖	七/越公/46/茖	七/越公/48/茖	六/子儀/19/芒	七/越公/17/芒
六/鄭甲/12/菜	六/鄭乙/11/菜	五/厚父/11/苗	七/越公/4/富	七/越公/22/富
七/越公/22/富	七/越公/26/富	七/越公/74/富	七/趙簡/3/造	七/趙簡/3/造
七/趙簡/8/窘	七/趙簡/9/窘	七/越公/32/蔳	七/越公/37/蔳	七/越公/28/蔳
七/越公/30/蔳	七/越公/30/蔳	七/越公/31/蔳	七/越公/32/蔳	六/鄭甲/5/䶂

六/鄭乙/5/韣	六/鄭甲/8/藋	六/鄭乙/7/藋	六/管仲/29/蕃	七/越公/29/蕃
四/別卦/8/繭	四/筮法/48/宨	五/三壽/10/雉	五/湯門/20/芚	五/湯丘/12/春
五/三壽/16/若	五/三壽/17/莞	五/三壽/23/肖	六/子產/3/藦	六/子產/11/䔖
六/子產/18/菎	七/晉文/3/蒻	七/晉文/4/寃	七/晉文/4/芳	七/晉文/6/蕳
七/晉文/6/蕘	七/子犯/5/蝻	七/越公/17/齒	七/越公/29/芧	七/越公/46/芙
七/越公/62/敢				

混　同

七/越公/20/遨	七/晉文/7/遠	五/三壽/17/樂	五/三壽/19/折	五/厚父/3/折
七/子犯/9/折	五/厚父/6/折	五/三壽/11/兵		

訛　形			
七/晉文/7/蒹			

合　文			
四/別卦/4/孅			

《說文·卷一5·中部》：「ψ，艸木初生也。象丨出形，有枝莖也。古文或以為艸字。讀若徹。凡中之屬皆从中。尹彤說。」甲骨文形體寫作：ψ（《合集》6732），ψ（《合集》22335）。金文寫作：ψ（《中盉》），ψ（《作父戊簋》）。季師釋形作：「象草木枝葉初生之形。依後世的用法，中似乎只能用在草類，不能用在木類，其實在甲骨文偏旁中，中與艸、木有時不太區分，如『春』字從日從屯，餘則或從中、或從木，數目自二至四不等。戰國文字偏旁中從艸之字也可以省從中，例如『英』字上從艸，但也可以省從中。」〔註197〕

176　生

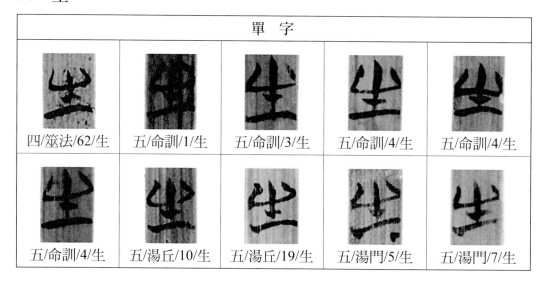

單　字				
四/筮法/62/生	五/命訓/1/生	五/命訓/3/生	五/命訓/4/生	五/命訓/4/生
五/命訓/4/生	五/湯丘/10/生	五/湯丘/19/生	五/湯門/5/生	五/湯門/7/生

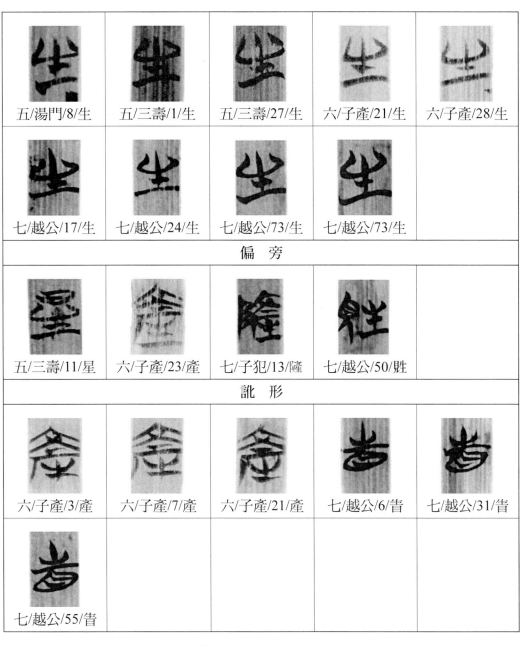

五/湯門/8/生	五/三壽/1/生	五/三壽/27/生	六/子產/21/生	六/子產/28/生
七/越公/17/生	七/越公/24/生	七/越公/73/生	七/越公/73/生	
偏　旁				
五/三壽/11/星	六/子產/23/產	七/子犯/13/隆	七/越公/50/眚	
訛　形				
六/子產/3/產	六/子產/7/產	六/子產/21/產	七/越公/6/眚	七/越公/31/眚
七/越公/55/眚				

《說文·卷六·生部》：「生，進也。象艸木生出土上。凡生之屬皆从生。」
甲骨文形體寫作：生（《合集》4235），生（《合集》34534），生（《合集》24142）。
金文形體寫作：生（《作冊大方鼎》），生（《尹姞鐘》）。李孝定：「從屮從一，
一，地也。象艸木生出地上。」〔註198〕季師補充：「合體象形，甲骨文從屮，
一象地，全字象草木生出地上之形。金文於豎畫中加圓點，再變為橫筆，隸
楷承之。」〔註199〕

〔註198〕李孝定：《甲骨文字集釋》，頁2100。
〔註199〕季師旭昇：《說文新證》，頁506。

177 丰

單 字				
四/筮法/30/壑	四/筮法/61/邦	五/厚父/2/邦	五/厚父/4/邦	五/厚父/5/邦
五/厚父/6/邦	五/封許/8/邦	五/湯丘/3/邦	五/湯門/2/邦	五/湯門/3/邦
五/湯門/4/邦	五/湯門/10/邦	五/湯門/16/邦	五/三壽/10/邦	五/三壽/12/邦
五/三壽/19/邦	六/鄭武/1/邦	六/鄭武/3/邦	六/鄭武/4/邦	六/鄭武/4/邦
六/鄭武/6/邦	六/鄭武/10/邦	六/鄭武/11/邦	六/鄭武/14/邦	六/鄭武/17/邦
六/鄭甲/13/邦	六/鄭乙/12/邦	六/子儀/2/邦	六/子儀/17/邦	六/子產/2/邦
六/子產/2/邦	六/子產/12/邦	六/子產/14/邦	六/子產/14/邦	六/子產/16/邦

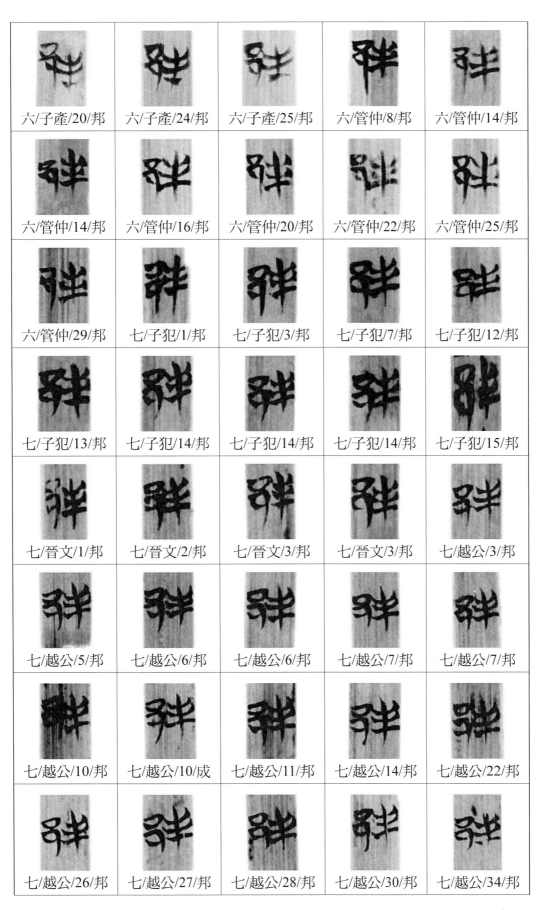

六/子產/20/邦	六/子產/24/邦	六/子產/25/邦	六/管仲/8/邦	六/管仲/14/邦
六/管仲/14/邦	六/管仲/16/邦	六/管仲/20/邦	六/管仲/22/邦	六/管仲/25/邦
六/管仲/29/邦	七/子犯/1/邦	七/子犯/3/邦	七/子犯/7/邦	七/子犯/12/邦
七/子犯/13/邦	七/子犯/14/邦	七/子犯/14/邦	七/子犯/14/邦	七/子犯/15/邦
七/晉文/1/邦	七/晉文/2/邦	七/晉文/3/邦	七/晉文/3/邦	七/越公/3/邦
七/越公/5/邦	七/越公/6/邦	七/越公/6/邦	七/越公/7/邦	七/越公/7/邦
七/越公/10/邦	七/越公/10/成	七/越公/11/邦	七/越公/14/邦	七/越公/22/邦
七/越公/26/邦	七/越公/27/邦	七/越公/28/邦	七/越公/30/邦	七/越公/34/邦

七/越公/36/邦	七/越公/37/邦	七/越公/43/邦	七/越公/44/邦	七/越公/48/邦
七/越公/50/邦	七/越公/52/邦	七/越公/52/邦	七/越公/53/邦	七/越公/54/邦
七/越公/58/邦	七/越公/59/邦	七/越公/59/邦	七/越公/60/邦	七/越公/61/邦
七/越公/69/邦	七/越公/70/邦	七/越公/71/邦	七/越公/71/邦	七/越公/74/邦
六/鄭武/2/邦	六/子產/29/邦	五/湯丘/5/奉	五/湯丘/8/奉	五/命訓/11/奉
六/子儀/12/奉	七/晉文/3/畫	七/晉文/4/畫	七/晉文/4/畫	七/晉文/2/垰
同　形				
四/別卦/4/酆				

《說文・卷六・生部》：「半，艸盛半半也。从生，上下達也。」甲骨文形體寫作：半（《合集》20576），半（《合集》35501），半（《合集》7694），半（《懷》445）。金文形體寫作：半（《康侯丰鼎》），半（《毛公鼎》「邦」字所

從）。郭沫若釋「丰」為「封」之初文，即以林木為界之象形（《釋丰》）。何琳儀謂「丰」象草木豐茂之形。〔註200〕

178　屯

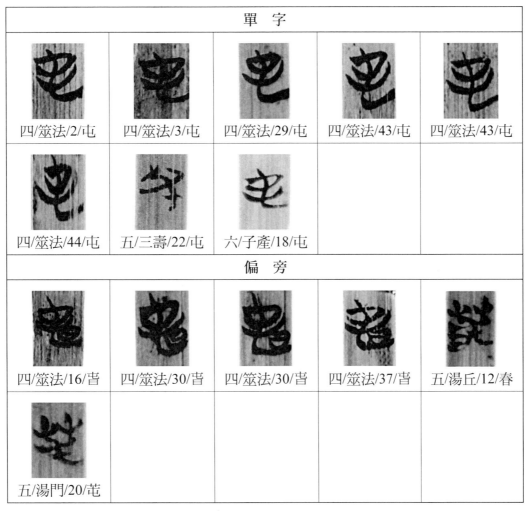

單　字				
四/筮法/2/屯	四/筮法/3/屯	四/筮法/29/屯	四/筮法/43/屯	四/筮法/43/屯
四/筮法/44/屯	五/三壽/22/屯	六/子產/18/屯		
偏　旁				
四/筮法/16/𦱤	四/筮法/30/𦱤	四/筮法/30/𦱤	四/筮法/37/𦱤	五/湯丘/12/春
五/湯門/20/芚				

《說文・卷一・中部》：「𡴎，難也。象屮木之初生。屯然而難。从中貫一。一，地也。尾曲。《易》曰：『屯，剛柔始交而難生。』」甲骨文字形寫作：𡴎（《合集》17566），𡴎（《合集》28008）。金文形體寫作：𡴎（《牆盤》），𡴎（《克鼎》）。高鴻縉：「象草木初生根芽而孚甲未脫之形。」〔註201〕季師釋形作：「象形字，象草初生。《說文》釋為『難』也，應該是引申義，植物初生嫩弱，要長大還有一段很困難的路。」〔註202〕

〔註200〕何琳儀：《戰國古文字典》，頁432。

〔註201〕高鴻縉：《中國字例》，頁222。

〔註202〕季師旭昇：《說文新證》，頁65。

179 宋

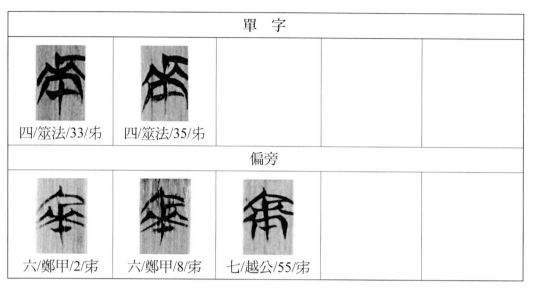

單 字				
四/筮法/33/宋	四/筮法/35/宋			
偏 旁				
六/鄭甲/2/宋	六/鄭甲/8/宋	七/越公/55/宋		

　　《說文‧卷六‧宋部》：「宋，止也。从宋盛而一橫止之也。」甲骨文形體寫作：（《合集》1385 正），（《合集》8465），（《合集》33374 正）。金文形體寫作：（《靜簋》），（《季姬簋》）。何琳儀釋形作：「从中，从土，从冂，會艸木生長受阻之意。或說，从丰，从冂（坰），會次於邊境之意。疑次之本字。」〔註203〕

180 帝

單 字				
五/厚父/2/帝	五/厚父/3/帝	五/厚父/5/帝	五/厚父/7/帝	五/湯門/1/啻
五/湯門/21/帝	七/越公/2/帝			

〔註203〕何琳儀：《戰國古文字典》，頁1265。

偏　旁				
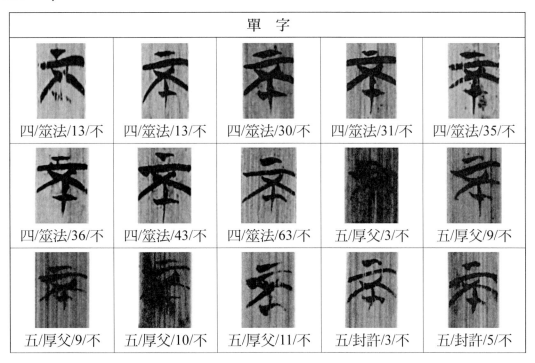				
五/湯門/1/窨	五/湯丘/5/繪			
合　文				
五/封許/3/上帝				

　　《說文・卷一・上部》：「帝，諦也。王天下之號也。从丄朿聲。帝古文帝。古文諸丄字皆从一，篆文皆从二。二，古文上字。辛示辰龍童音章皆从古文丄。」甲骨文：帝（《合集》14312），帝（《合集》21077），帝（《合集》6270），帝（《合集》36171）。金文：帝（《仲師父鼎》），帝（《盂方鼎》）。「帝」字形體似為象形字，但構形本意尚無定論。學者或以為「蒂」字象形，或以為束柴燎祭上帝。〔註204〕

181　不

單　字				
四/筮法/13/不	四/筮法/13/不	四/筮法/30/不	四/筮法/31/不	四/筮法/35/不
四/筮法/36/不	四/筮法/43/不	四/筮法/63/不	五/厚父/3/不	五/厚父/9/不
五/厚父/9/不	五/厚父/10/不	五/厚父/11/不	五/封許/3/不	五/封許/5/不

〔註204〕季師旭昇：《說文新證》，頁46。

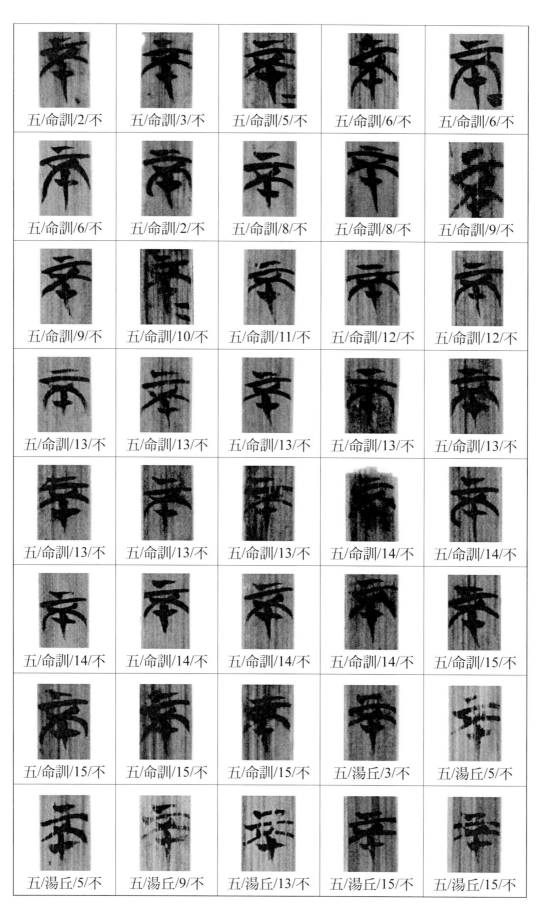

五/命訓/2/不	五/命訓/3/不	五/命訓/5/不	五/命訓/6/不	五/命訓/6/不
五/命訓/6/不	五/命訓/2/不	五/命訓/8/不	五/命訓/8/不	五/命訓/9/不
五/命訓/9/不	五/命訓/10/不	五/命訓/11/不	五/命訓/12/不	五/命訓/12/不
五/命訓/13/不	五/命訓/13/不	五/命訓/13/不	五/命訓/13/不	五/命訓/13/不
五/命訓/13/不	五/命訓/13/不	五/命訓/13/不	五/命訓/14/不	五/命訓/14/不
五/命訓/14/不	五/命訓/14/不	五/命訓/14/不	五/命訓/14/不	五/命訓/15/不
五/命訓/15/不	五/命訓/15/不	五/命訓/15/不	五/湯丘/3/不	五/湯丘/5/不
五/湯丘/5/不	五/湯丘/9/不	五/湯丘/13/不	五/湯丘/15/不	五/湯丘/15/不

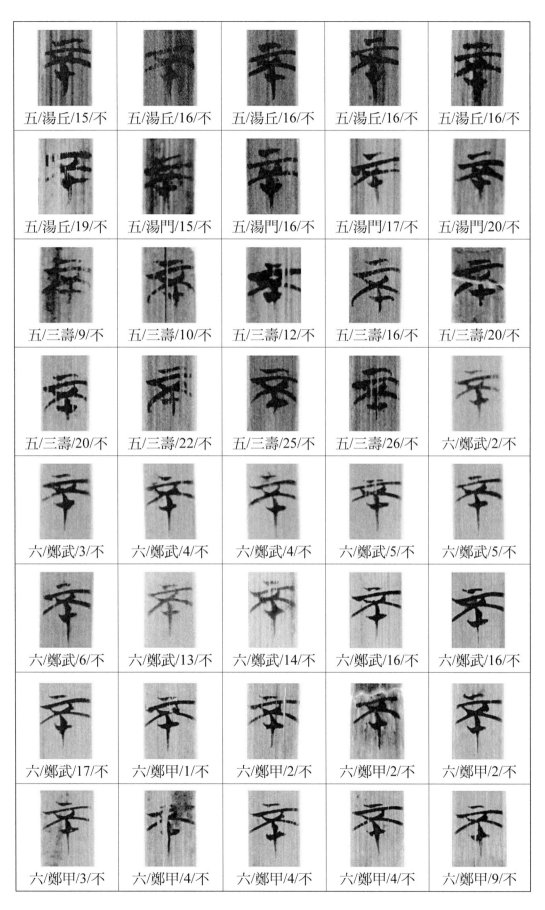

五/湯丘/15/不	五/湯丘/16/不	五/湯丘/16/不	五/湯丘/16/不	五/湯丘/16/不
五/湯丘/19/不	五/湯門/15/不	五/湯門/16/不	五/湯門/17/不	五/湯門/20/不
五/三壽/9/不	五/三壽/10/不	五/三壽/12/不	五/三壽/16/不	五/三壽/20/不
五/三壽/20/不	五/三壽/22/不	五/三壽/25/不	五/三壽/26/不	六/鄭武/2/不
六/鄭武/3/不	六/鄭武/4/不	六/鄭武/4/不	六/鄭武/5/不	六/鄭武/5/不
六/鄭武/6/不	六/鄭武/13/不	六/鄭武/14/不	六/鄭武/16/不	六/鄭武/16/不
六/鄭武/17/不	六/鄭甲/1/不	六/鄭甲/2/不	六/鄭甲/2/不	六/鄭甲/2/不
六/鄭甲/3/不	六/鄭甲/4/不	六/鄭甲/4/不	六/鄭甲/4/不	六/鄭甲/9/不

六/鄭甲/9/不	六/鄭甲/10/不	六/鄭甲/11/不	六/鄭甲/11/不	六/鄭甲/12/不
六/鄭乙/1/不	六/鄭乙/2/不	六/鄭乙/2/不	六/鄭乙/2/不	六/鄭乙/8/不
六/鄭乙/9/不	六/鄭乙/10/不	六/鄭乙/10/不	六/鄭乙/11/不	六/鄭乙/8/不
六/子儀/1/不	六/子儀/1/不	六/子儀/3/不	六/子儀/4/不	六/子儀/4/不
六/子儀/7/不	六/子儀/9/不	六/子儀/9/不	六/子儀/10/不	六/子儀/10/不
六/子儀/11/不	六/子儀/11/不	六/子儀/11/不	六/子儀/11/不	六/子儀/12/不
六/子儀/13/不	六/子儀/13/不	六/子儀/14/不	六/子儀/14/不	六/子儀/15/不
六/子儀/16/不	六/子儀/16/不	六/子儀/16/不	六/子儀/17/不	六/子儀/18/不

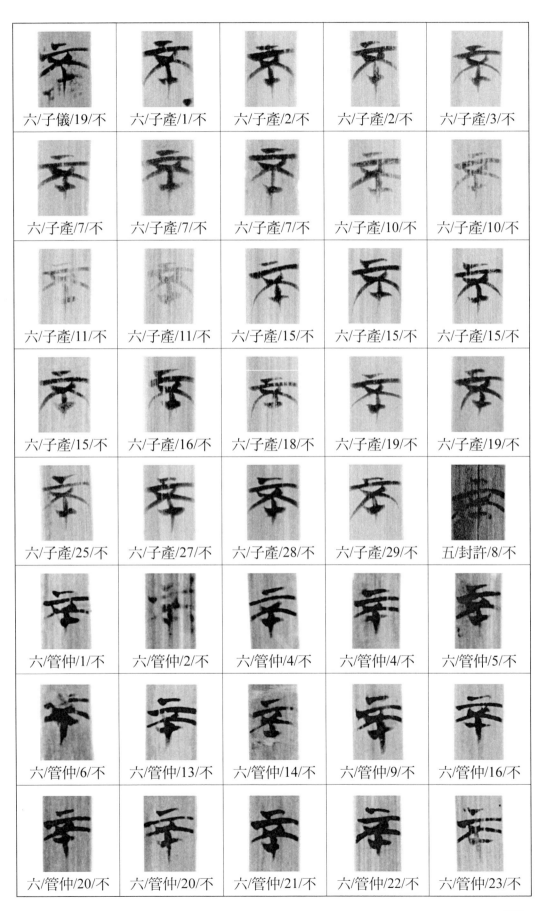

六/子儀/19/不	六/子產/1/不	六/子產/2/不	六/子產/2/不	六/子產/3/不
六/子產/7/不	六/子產/7/不	六/子產/7/不	六/子產/10/不	六/子產/10/不
六/子產/11/不	六/子產/11/不	六/子產/15/不	六/子產/15/不	六/子產/15/不
六/子產/15/不	六/子產/16/不	六/子產/18/不	六/子產/19/不	六/子產/19/不
六/子產/25/不	六/子產/27/不	六/子產/28/不	六/子產/29/不	五/封許/8/不
六/管仲/1/不	六/管仲/2/不	六/管仲/4/不	六/管仲/4/不	六/管仲/5/不
六/管仲/6/不	六/管仲/13/不	六/管仲/14/不	六/管仲/9/不	六/管仲/16/不
六/管仲/20/不	六/管仲/20/不	六/管仲/21/不	六/管仲/22/不	六/管仲/23/不

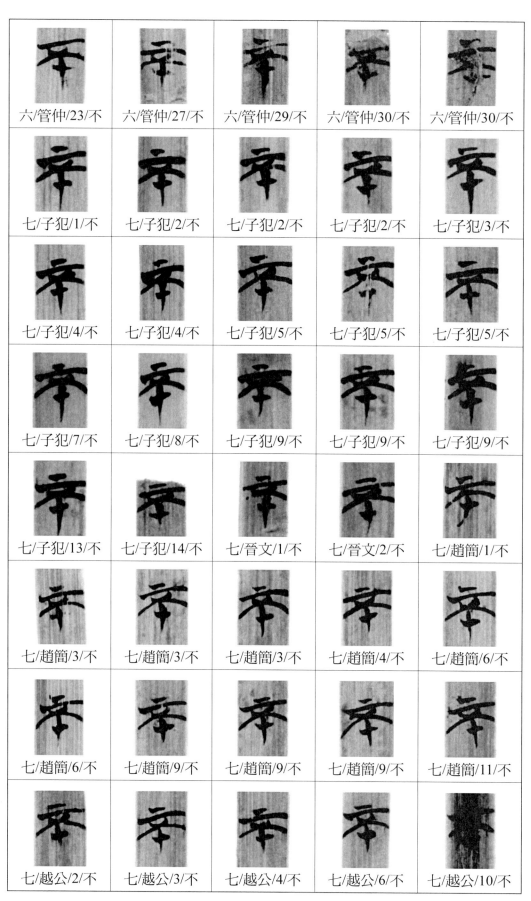

六/管仲/23/不	六/管仲/27/不	六/管仲/29/不	六/管仲/30/不	六/管仲/30/不
七/子犯/1/不	七/子犯/2/不	七/子犯/2/不	七/子犯/2/不	七/子犯/3/不
七/子犯/4/不	七/子犯/4/不	七/子犯/5/不	七/子犯/5/不	七/子犯/5/不
七/子犯/7/不	七/子犯/8/不	七/子犯/9/不	七/子犯/9/不	七/子犯/9/不
七/子犯/13/不	七/子犯/14/不	七/晉文/1/不	七/晉文/2/不	七/趙簡/1/不
七/趙簡/3/不	七/趙簡/3/不	七/趙簡/3/不	七/趙簡/4/不	七/趙簡/6/不
七/趙簡/6/不	七/趙簡/9/不	七/趙簡/9/不	七/趙簡/9/不	七/趙簡/11/不
七/越公/2/不	七/越公/3/不	七/越公/4/不	七/越公/6/不	七/越公/10/不

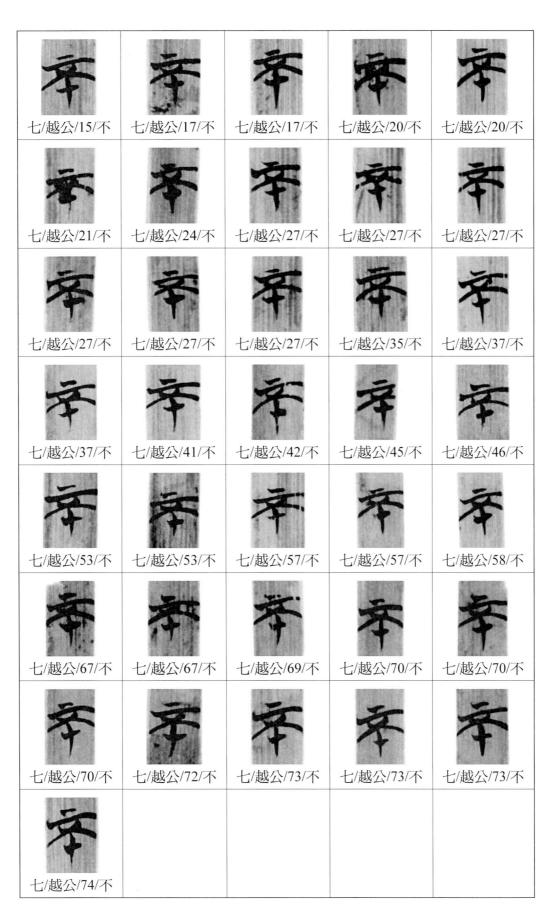

七/越公/15/不	七/越公/17/不	七/越公/17/不	七/越公/20/不	七/越公/20/不
七/越公/21/不	七/越公/24/不	七/越公/27/不	七/越公/27/不	七/越公/27/不
七/越公/27/不	七/越公/27/不	七/越公/27/不	七/越公/35/不	七/越公/37/不
七/越公/37/不	七/越公/41/不	七/越公/42/不	七/越公/45/不	七/越公/46/不
七/越公/53/不	七/越公/53/不	七/越公/57/不	七/越公/57/不	七/越公/58/不
七/越公/67/不	七/越公/67/不	七/越公/69/不	七/越公/70/不	七/越公/70/不
七/越公/70/不	七/越公/72/不	七/越公/73/不	七/越公/73/不	七/越公/73/不
七/越公/74/不				

偏 旁				
五/厚父/3/否	六/子產/10/否	六/子產/23/倍	七/越公/22/伓	七/越公/47/伓
七/越公/38/訧				

《說文・卷十二・不部》:「 ，鳥飛上翔不下來也。從一，一猶天也。象形。凡不之屬皆从不。」甲骨文字形寫作： （《合集》20023）， （《合集》6834）。金文形體寫作： （《天亡簋》）， （《毛公鼎》）。王國維謂:「象花萼全形。」〔註205〕何琳儀:「象草木根鬚之形。柎之初文。……《廣雅・釋言》:『柎，柢也。』說文:『柢，木根也。』」〔註206〕季師釋形作:「象形，象萼足。或謂象根荄之形。」〔註207〕

182 市

單 字				
四/筮法/49/市	四/別卦/5/市	五/厚父/5/市	六/管仲/12/市	六/子產/4/市
七/越公/1/市	七/越公/12/市	七/越公/25/市	七/越公/39/市	七/越公/40/市
七/越公/40/市	七/越公/62/市	七/越公/63/市	七/越公/63/市	七/越公/63/市

〔註205〕王國維:《觀堂集林》，頁139。
〔註206〕何琳儀:《戰國古文字典》，頁117。
〔註207〕季師旭昇:《說文新證》，頁828。

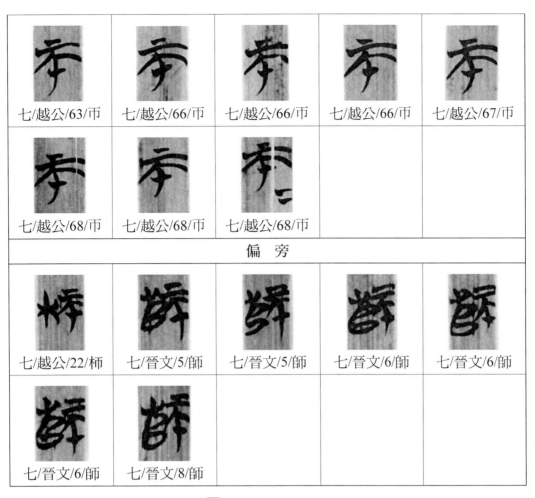

七/越公/63/帀	七/越公/66/帀	七/越公/66/帀	七/越公/66/帀	七/越公/67/帀
七/越公/68/帀	七/越公/68/帀	七/越公/68/帀		
偏　旁				
七/越公/22/枾	七/晉文/5/師	七/晉文/5/師	七/晉文/6/師	七/晉文/6/師
七/晉文/6/師	七/晉文/8/師			

《說文・卷六・帀部》：「帀，周也。从反之而帀也。凡帀之屬皆从帀。周盛說。」甲骨文形體作：（《合集》27736），（《合集》26845）。金文形體作：（《令簋》），（《鐘伯鼎》）。季師：「構形不明，古文字幾乎都用為官名，相當於後世的『師』。」〔註208〕

183 耑

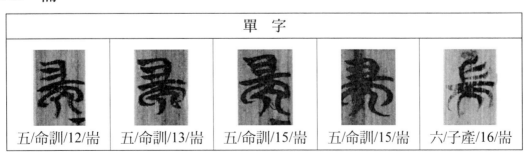

單　字				
五/命訓/12/耑	五/命訓/13/耑	五/命訓/15/耑	五/命訓/15/耑	六/子產/16/耑

〔註208〕季師旭昇：《說文新證》，頁500。

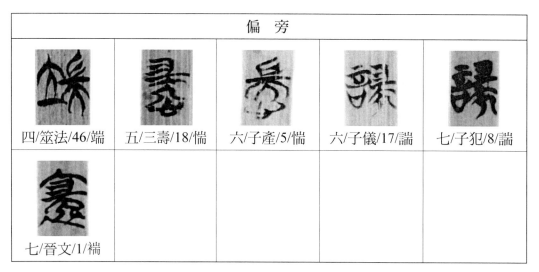

偏 旁				
四/筮法/46/端	五/三壽/18/惴	六/子產/5/惴	六/子儀/17/諯	七/子犯/8/諯
七/晉文/1/褍				

《說文‧卷七‧耑部》:「耑，物初生之題也。上象生形，下象其根也。凡耑之屬皆从耑。」甲骨文形體寫作:（《合集》20070），（《合集》6844），（《合集》18017）。金文形體寫作:（《義楚觶》），（《邾王又觶》）。季師釋形作:「草木初生之耑。甲骨文耑字，上象生形，下象根。學者以為上從『之』，表向上生長之意；下從『不』，象其根荄。」〔註209〕

184 瓜

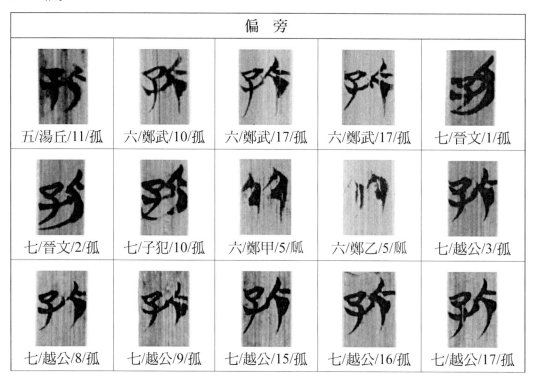

偏 旁				
五/湯丘/11/孤	六/鄭武/10/孤	六/鄭武/17/孤	六/鄭武/17/孤	七/晉文/1/孤
七/晉文/2/孤	七/子犯/10/孤	六/鄭甲/5/瓠	六/鄭乙/5/瓠	七/越公/3/孤
七/越公/8/孤	七/越公/9/孤	七/越公/15/孤	七/越公/16/孤	七/越公/17/孤

〔註209〕季師旭昇:《說文新證》，頁 587。

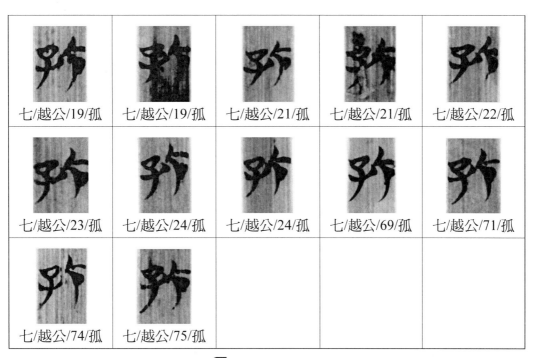

七/越公/19/孤	七/越公/19/孤	七/越公/21/孤	七/越公/21/孤	七/越公/22/孤
七/越公/23/孤	七/越公/24/孤	七/越公/24/孤	七/越公/69/孤	七/越公/71/孤
七/越公/74/孤	七/越公/75/孤			

《說文・卷七・瓜部》：「瓜，瓜也。象形。凡瓜之屬皆从瓜。」甲骨文未見「瓜」字及其偏旁。金文未見「瓜」字獨體字，從「瓜」字的晉字寫作：𧖈，𧖈（《孤竹罍》左上部分為「瓜」）。「瓜」字的演進序列尚不完整，但從戰國文字與小篆的字形來看，應當為象形字，象瓜之形。

185　竹

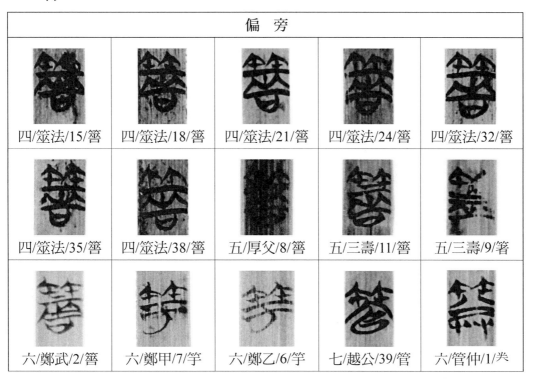

偏　旁				
四/筮法/15/箬	四/筮法/18/箬	四/筮法/21/箬	四/筮法/24/箬	四/筮法/32/箬
四/筮法/35/箬	四/筮法/38/箬	五/厚父/8/箬	五/三壽/11/箬	五/三壽/9/箸
六/鄭武/2/箬	六/鄭甲/7/竽	六/鄭乙/6/竽	七/越公/39/管	六/管仲/1/关

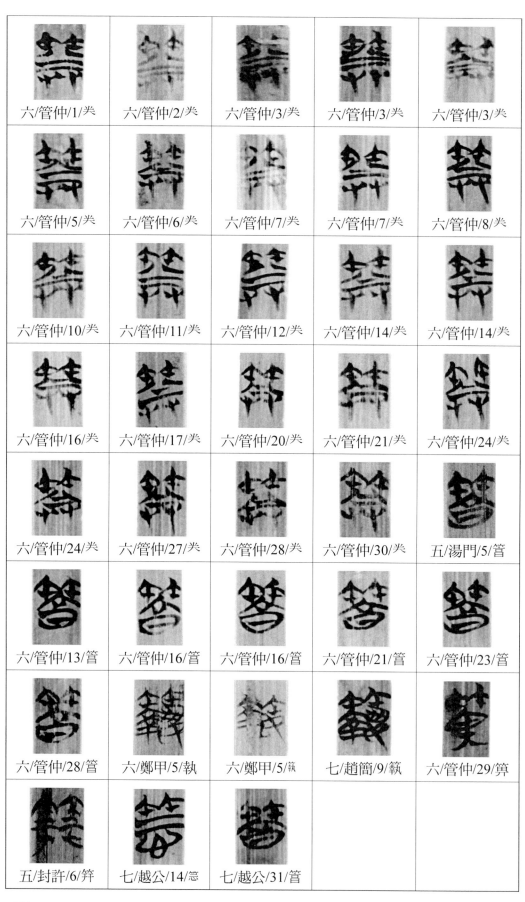

六/管仲/1/关	六/管仲/2/关	六/管仲/3/关	六/管仲/3/关	六/管仲/3/关
六/管仲/5/关	六/管仲/6/关	六/管仲/7/关	六/管仲/7/关	六/管仲/8/关
六/管仲/10/关	六/管仲/11/关	六/管仲/12/关	六/管仲/14/关	六/管仲/14/关
六/管仲/16/关	六/管仲/17/关	六/管仲/20/关	六/管仲/21/关	六/管仲/24/关
六/管仲/24/关	六/管仲/27/关	六/管仲/28/关	六/管仲/30/关	五/湯門/5/箮
六/管仲/13/箮	六/管仲/16/箮	六/管仲/16/箮	六/管仲/21/箮	六/管仲/23/箮
六/管仲/28/箮	六/鄭甲/5/執	六/鄭甲/5/籔	七/趙簡/9/籔	六/管仲/29/算
五/封許/6/筭	七/越公/14/筁	七/越公/31/箮		

合　文				
四/別卦/2/大篤	四/別卦/8/小篤			

　　《說文・卷五・竹部》：「𥫗，冬生艸也。象形。下垂者，箁箬也。凡竹之
屬皆从竹。」甲骨文形體寫作：（《合集》20229），（《合集》32933）。金
文形體寫作：（《伯筍父鼎》）。季師釋形作：「象形字，甲骨文象竹葉下垂
之形，與國畫畫竹法完全相同。」〔註210〕

186　世

偏　旁				
五/厚父/11/枼	六/鄭武/5/枼	六/鄭甲/6/枼	六/鄭甲/7/枼	六/鄭甲/9/枼
六/鄭乙/6/枼	六/鄭乙/7/枼	六/鄭乙/8/枼	五/三壽/8/殜	五/厚父/10/殜
五/封許/9/枼	七/子犯/12/殜	七/越公/3/殜		

　　《說文・卷三・卅部》：「世，三十年為一世。从卅而曳長之。亦取其聲
也。」甲骨文從「世」的「笹」形體寫作：。金文形體寫作：（《吳方彝》），
（《寧簋》）。金文「葉」字寫作：（《拍敦》）。劉釗指出：「世」字當從「葉」
字上部截取分化而成，讀音仍同「葉」。〔註211〕

〔註210〕季師旭昇：《說文新證》，頁371。
〔註211〕劉釗：《古文字構形學》，頁214。

187 亥

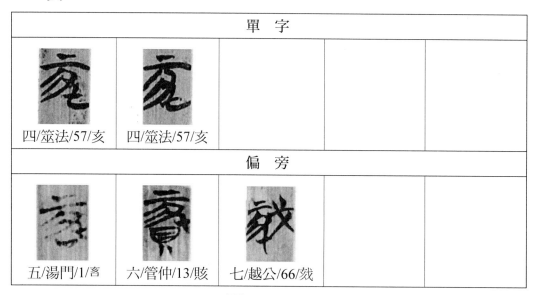

單 字				
四/筮法/57/亥	四/筮法/57/亥			
偏 旁				
五/湯門/1/斋	六/管仲/13/賅	七/越公/66/豛		

《說文・卷十四・亥部》：「，荄也。十月，微陽起，接盛陰。從二，二，古文上字。一人男，一人女也。從乙，象褢子咳咳之形。《春秋傳》曰：『亥有二首六身。』凡亥之屬皆從亥。古文亥為豕，與豕同。亥而生子，復從一起。」甲骨文形體寫作：（《合集》20583），（《合集》522），（《合集》34988），（《合集》7629）。金文形體寫作：（《六祀邨其卣》），（《利鼎》），（《智壺蓋》），（《齊鮑氏鍾》）。「亥」字當為象形字，象植物根荄，假借為地支名稱。〔註212〕

188 喪（桑）

單 字				
五/三壽/5/喪	五/三壽/10/喪	五/三壽/12/喪	五/湯丘/7/喪	五/湯丘/9/喪
六/管仲/20/喪				

〔註212〕季師旭昇：《說文新證》，頁986。

偏　旁				
五/命訓/4/喪	六/子產/6/喪	六/子產/21/喪	六/鄭甲/1/霙	六/鄭甲/8/橤
六/鄭乙/1/霙	七/子犯/13/霙	七/子犯/13/霙		

　　《說文・卷二・哭部》:「　，亾也。从哭从亾。會意。亾亦聲。」甲骨文
形體寫作：　（《合集》8），　（《合集》19197），　（《合集》31998）。金文
形體寫作：　（《毛公鼎》），　（《量侯簋》）。「喪」字從「桑」聲，加「口」
表示分化語義。戰國「桑」或省為「中」形。通常「中」形向左偏寫，偶而向
上，同「芒」偶有混淆。

二十七、山 類

189 山

單 字				
四/筮法/43/山	五/厚父/12/山	五/湯丘/18/山	七/子犯/11/山	七/越公/1/山
七/越公/17/山				
偏 旁				
六/子儀/13/㕜	六/子儀/20/嵒	六/鄭乙/1/幽	六/鄭乙/9/幽	七/子犯/15/幽
七/越公/17/薗	七/越公/28/灛	七/越公/30/灛	六/鄭甲/1/嶨	六/鄭甲/10/嶨
六/管仲/23/嶨	六/管仲/23/嶨	六/管仲/29/嶨	五/湯丘/13/絚	六/子儀/1/勳

　　《說文・卷九・山部》：「⛰，宣也。宣气散，生萬物，有石而高。象形。凡山之屬皆从山。」甲骨文形體作：⛰（《合集》00096），⛰（《合集》33233）。金文形體作⛰（《山父乙尊》），⛰（《毓且丁卣》）。山為象形字，象高山之形。

190　冂

單　字			
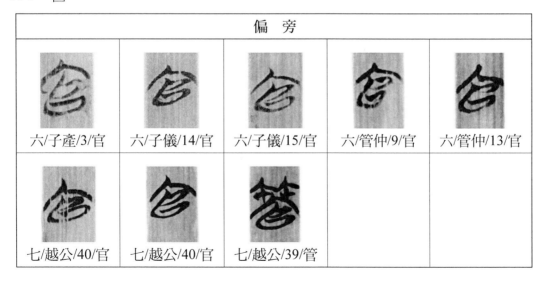四/筮法/11/覆			
偏　旁			
五/三壽/7/覨			

《說文・卷七・两部》：「覆，覂也。一曰蓋也。从两復聲。」甲骨、金文未見該字形體，郭永秉將楚簡中的該字釋為「覆」字形：「《說文》以倒『人』形為『𣥐』字古文，『真』字上部即從之；『𣥐』之古文實即『顛』字之初文。把『山』字倒覆過來寫，很可能就是『反覆』之『覆』的初文……段玉裁《注》：『又部反下曰：覆也。反覆者，倒易其上下。』」〔註213〕

191　𠂤

偏　旁				
六/子產/3/官	六/子儀/14/官	六/子儀/15/官	六/管仲/9/官	六/管仲/13/官
七/越公/40/官	七/越公/40/官	七/越公/39/管		

〔註213〕郭永秉：〈釋清華簡中倒山形的『覆』字〉《中國文字研究（新 39 期）》，頁 82～83。

混 同				
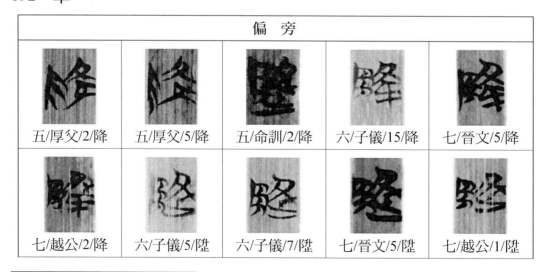				
七/晉文/5/師	七/晉文/5/師	七/晉文/6/師	七/晉文/6/師	七/晉文/6/師
六/子儀/18/虆	七/晉文/8/師			

《說文‧卷十四‧𠂤部》:「𠂤，大陸，山無石者。象形。凡𠂤之屬皆从𠂤。」甲骨文字形寫作：（《合集》19756），（《合集》05805）。金文形體寫作：（《旅鼎》），（《同師簋》）。對於此字形體，裘錫圭先生解釋做：「是『堆』字的古字，在古代有可能用來指人工堆築的堂基一類建築。堆是高於地面的。」〔註214〕劉釗解釋作：「是『脽』的古字，本象尻形，『堆』是其引申意。」〔註215〕季師釋形體作:「甲骨文『𠂤』字象人臀部之形，堂基高於地面，有似於臀，因此『𠂤』引申有『殿堂』的意義。再引申為『小阜』，軍隊駐紮地多在高起的丘陵地，因此引申為軍師。」〔註216〕

192 阜

偏 旁				
五/厚父/2/降	五/厚父/5/降	五/命訓/2/降	六/子儀/15/降	七/晉文/5/降
七/越公/2/降	六/子儀/5/陞	六/子儀/7/陞	七/晉文/5/陞	七/越公/1/陞

〔註214〕裘錫圭:〈釋殷墟卜辭中與建築有關的兩個詞——門塾與𠂤〉《裘錫圭學術文集(卷一)》，頁302。
〔註215〕劉釗:〈讀史密簋銘文中的「眉」字〉《考古》1995年第5期，頁315。
〔註216〕季師旭昇:《說文新證》，頁942。

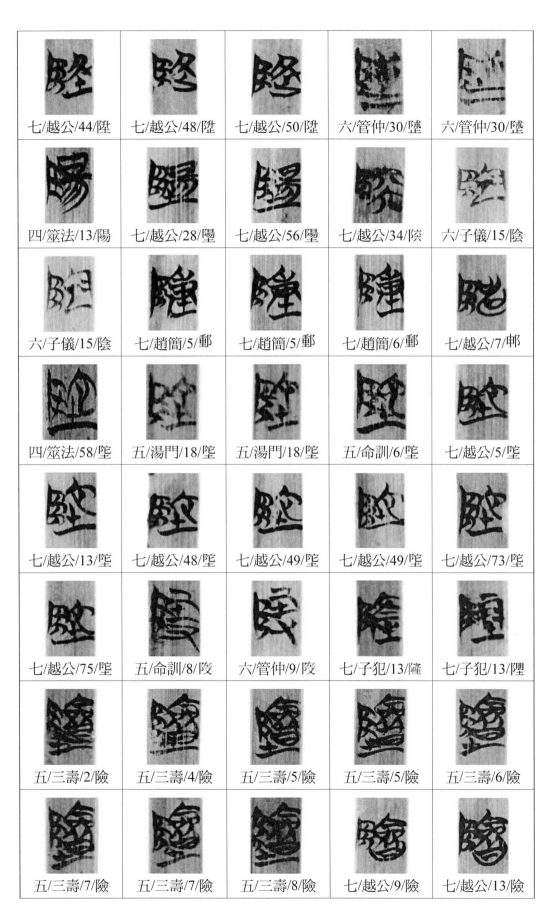

七/越公/44/陞	七/越公/48/陞	七/越公/50/陞	六/管仲/30/墬	六/管仲/30/墬
四/筮法/13/陽	七/越公/28/隍	七/越公/56/隍	七/越公/34/隁	六/子儀/15/陰
六/子儀/15/陰	七/趙簡/5/郵	七/趙簡/5/郵	七/趙簡/6/郵	七/越公/7/邨
四/筮法/58/墬	五/湯門/18/墬	五/湯門/18/墬	五/命訓/6/墬	七/越公/5/墬
七/越公/13/墬	七/越公/48/墬	七/越公/49/墬	七/越公/49/墬	七/越公/73/墬
七/越公/75/墬	五/命訓/8/陵	六/管仲/9/陵	七/子犯/13/隆	七/子犯/13/陞
五/三壽/2/險	五/三壽/4/險	五/三壽/5/險	五/三壽/5/險	五/三壽/6/險
五/三壽/7/險	五/三壽/7/險	五/三壽/8/險	七/越公/9/險	七/越公/13/險

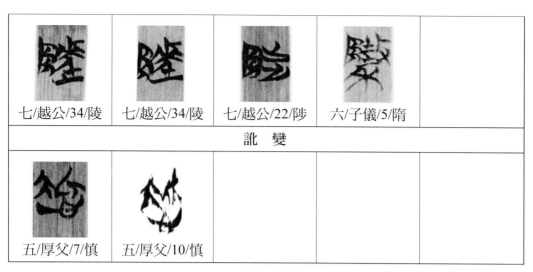

七/越公/34/陵	七/越公/34/陵	七/越公/22/陟	六/子儀/5/隋	
訛　變				
五/厚父/7/慎	五/厚父/10/慎			

《說文‧卷十四‧阜部》:「，大陸，山無石者。象形。凡𨸏之屬皆从𨸏。，古文」甲骨文形體作:(《合集》7859)，(《合集》10405)。金文中未見「阜」字獨體字，以「陽」字為例，作為偏旁「阜」字寫作:(《應侯見工簋》)，(《虢季子白盤》)。甲骨文「阜」字，季師在其《說文新證》中引用諸家學者說法:「叶玉森謂謂象土山高峭有阪級(《說契》);徐中舒謂象古代穴居之脚窩或獨木梯之形(《怎樣考釋古文字》);《甲骨文字詁林》引王筠說，謂『如畫坡陀者，層層相重叠』。說皆有理。」〔註217〕

193　丘

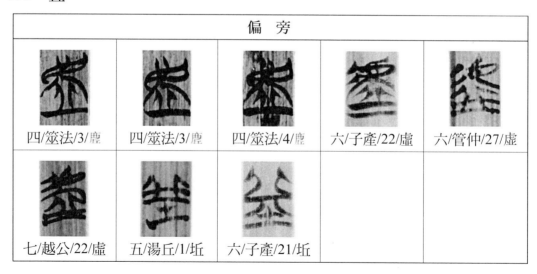

偏　旁				
四/筮法/3/麈	四/筮法/3/麈	四/筮法/4/麈	六/子產/22/虛	六/管仲/27/虛
七/越公/22/虛	五/湯丘/1/坵	六/子產/21/坵		

《說文‧卷八‧丘部》部:「，土之高也，非人所為也。从北从一。一，地也，人居在丘南，故从北。中邦之居，在崑崙東南。一曰四方高，中央下為

〔註217〕季師旭昇:《說文新證》，頁944。

丘。象形。凡丘之屬皆从丘。（今隸變作丘。）」甲骨文形體寫作： （《乙編》4320）金文形體寫作： （《商丘弔匜》）。商承作釋形作：「丘為高阜，似山而低，故甲骨文作兩峰以象意。」〔註218〕

194　谷

單　字			
 六/子產/16/谷			
偏　旁			
 四/筮法/40/豫	 六/管仲/4/豫	 六/鄭甲/3/豫	 六/鄭乙/2/豫	 六/子產/3/欲
 六/子儀/1/欲	 七/子犯/5/欲	 七/子犯/14/欲	 七/子犯/14/欲	 七/子犯/14/欲
 七/子犯/14/欲	 六/管仲/19/欲	 六/子儀/17/裕	 六/子產/25/裕	 七/晉文/6/豫

《說文・卷十一・谷部》：「，泉出通川為谷。从水半見，出於口。凡谷之屬皆从谷。」甲骨文形體寫作： （《合集》8395）， （《合集》17536）， （《合集》38634）。金文形體寫作： （《何尊》）， （《啟卣》）， （《佣生簋》）。季師釋形作：「谷當為象形字，泉水通川為谷。上象水半見，下象山口。」〔註219〕

〔註218〕商承祚：《〈殷契佚存〉考釋》，頁86。
〔註219〕季師旭昇：《說文新證》，頁810。

195　厂

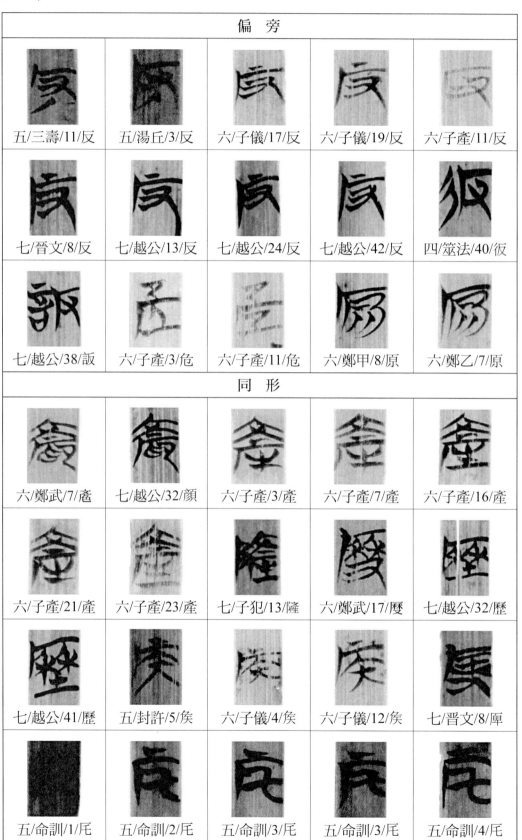

偏　旁				
五/三壽/11/反	五/湯丘/3/反	六/子儀/17/反	六/子儀/19/反	六/子產/11/反
七/晉文/8/反	七/越公/13/反	七/越公/24/反	七/越公/42/反	四/筮法/40/仮
七/越公/38/訮	六/子產/3/危	六/子產/11/危	六/鄭甲/8/原	六/鄭乙/7/原
同　形				
六/鄭武/7/麻	七/越公/32/顏	六/子產/3/產	六/子產/7/產	六/子產/16/產
六/子產/21/產	六/子產/23/產	七/子犯/13/隡	六/鄭武/17/厤	七/越公/32/歷
七/越公/41/歷	五/封許/5/庆	六/子儀/4/庆	六/子儀/12/庆	七/晉文/8/厘
五/命訓/1/厃	五/命訓/2/厃	五/命訓/3/厃	五/命訓/3/厃	五/命訓/4/厃

五/命訓/5/厓	五/命訓/6/厓	五/命訓/6/厓	五/三壽/15/厓	五/三壽/23/厓
六/管仲/10/厓	六/管仲/11/厓	六/管仲/13/厓	六/管仲/17/厓	七/趙簡/7/厓
七/子犯/8/厓	七/越公/37/厓	七/越公/37/厓	六/子儀/4/庈	七/越公/26/应
五/三壽/10/厰				
混　同				
六/子產/7/嵓				

　　《說文‧卷九‧厂部》:「厂，山石之厓巖，人可居。象形。凡厂之屬皆從厂。𠂹籀文从干。」甲骨文未見獨體「厂」字，從「厂」的「反」字寫作：𠂹(《合集》36537)，𠂹(《合集》31009)。金文形體寫作：𠂹(《過伯簋》)，𠂹(《頌鼎》)。季師釋形作:「甲骨文之厂疑為山石，而非河石，故與之同用之『厂』當亦有山石義，《說文》謂『山石之山崖嫣巖』，其故在此。」〔註220〕

〔註220〕季師旭昇：《說文新證》，頁725。

二十八、金石類

196　金

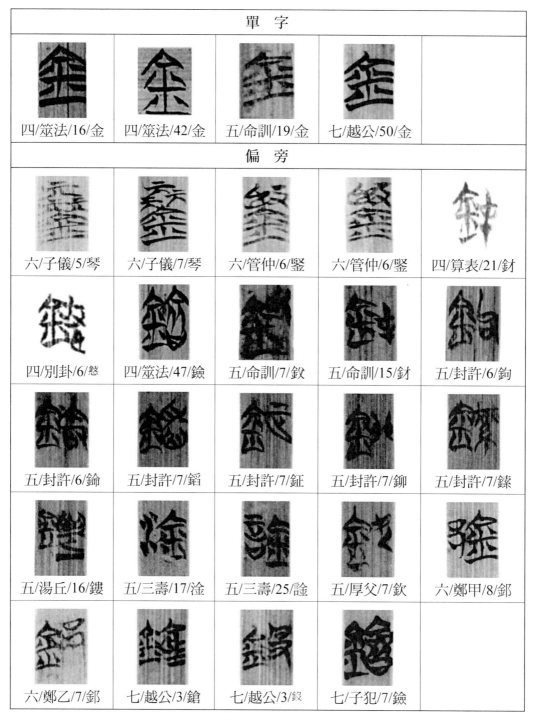

單　字				
四/筮法/16/金	四/筮法/42/金	五/命訓/19/金	七/越公/50/金	
偏　旁				
六/子儀/5/琴	六/子儀/7/琴	六/管仲/6/鑒	六/管仲/6/鑒	四/算表/21/釬
四/別卦/6/慾	四/筮法/47/鑱	五/命訓/7/釵	五/命訓/15/釪	五/封許/6/鉤
五/封許/6/鈴	五/封許/7/鎦	五/封許/7/鉦	五/封許/7/銄	五/封許/7/鎵
五/湯丘/16/鏤	五/三壽/17/淦	五/三壽/25/諂	五/厚父/7/欽	六/鄭甲/8/鄳
六/鄭乙/7/鄳	七/越公/3/鎗	七/越公/3/鈠	七/子犯/7/鑅	

《說文·卷十四·金部》：「金，五色金也。黃為之長。久薶不生衣，百鍊不輕，从革不違。西方之行。生於土，从土；左右注，象金在土中形；今

聲。凡金之屬皆从金。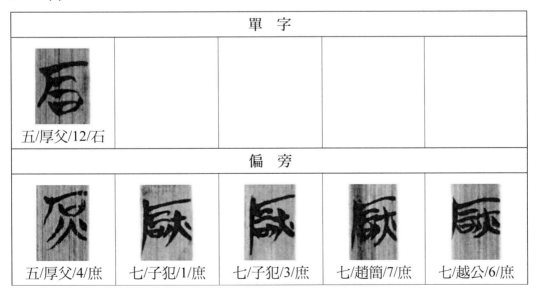古文金。」金文形体：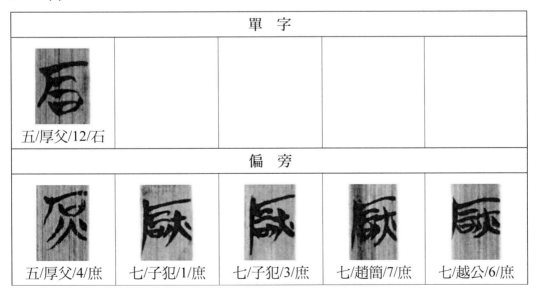（《利簋》），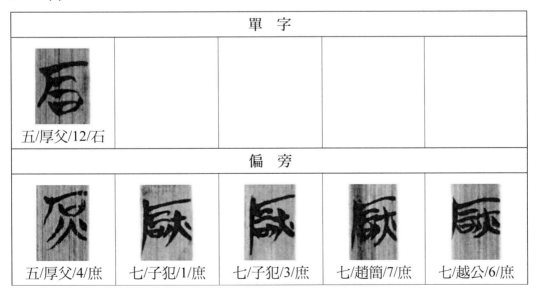（《麥方鼎》），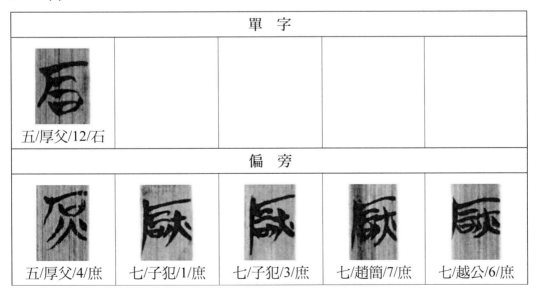（禽簋）。張世超《金文形義通解》：「右上從『今』聲，下象斧鉞之形，『金』從『士』蓋與『冶』之從『刀』從『斤』同意」。〔註221〕季師從之。〔註222〕

197　呂

單　字				
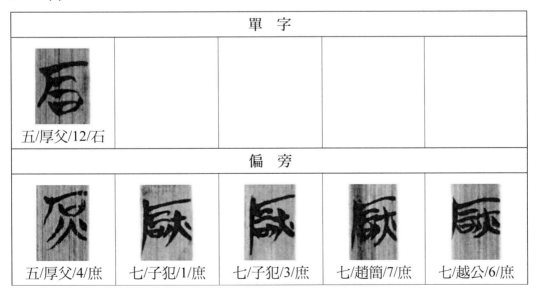 五/封許/2/呂	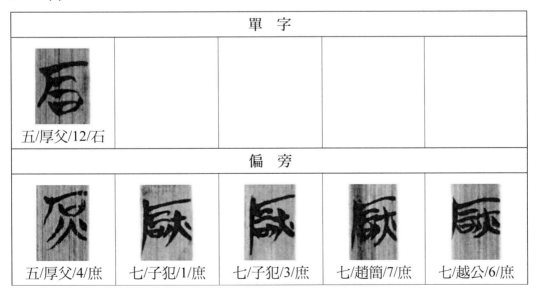 五/封許/3/呂			

《說文・卷七・呂部》：「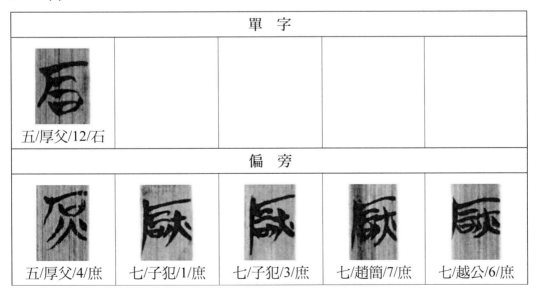，脊骨也。象形。昔太嶽為禹心呂之臣，故封呂矦。凡呂之屬皆从呂。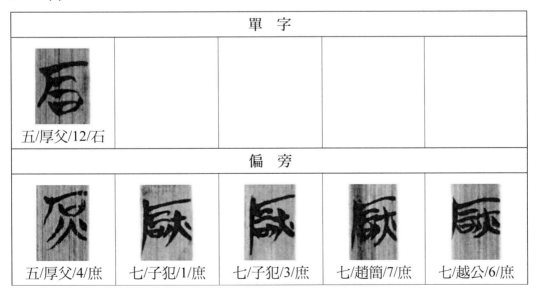，篆文呂从肉从旅。」甲骨文形體寫作：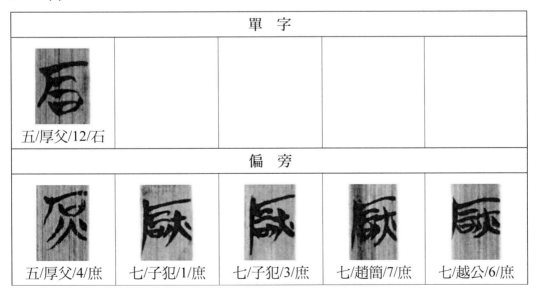（《合集》22265），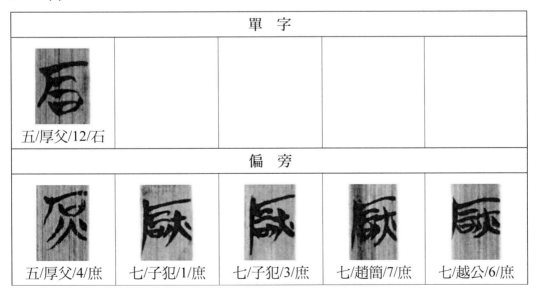（《合集》6567），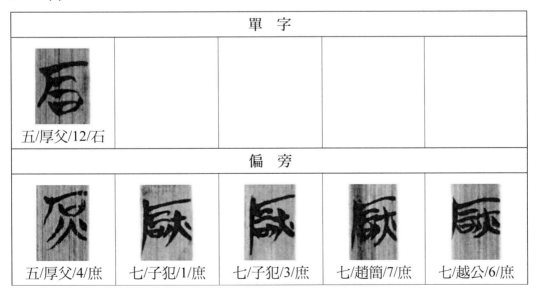（《花東》7）。金文形體寫作：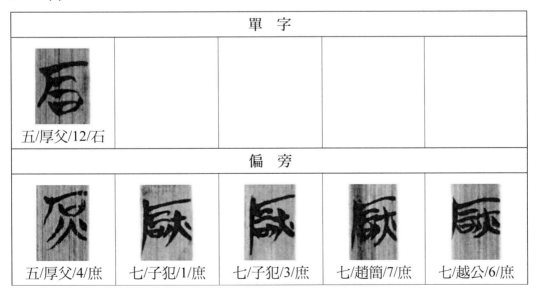（《呂方鼎》），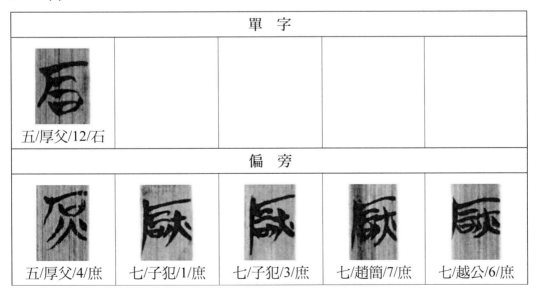（《班簋》），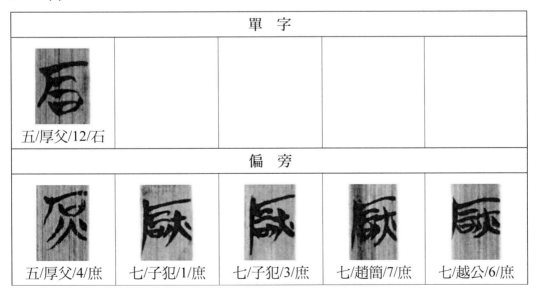（《呂服余盤》）。季師釋形作：「『呂』當為象形，『呂』本銅塊，故或加金旁作『鋁』。」〔註223〕

198　石

單　字				
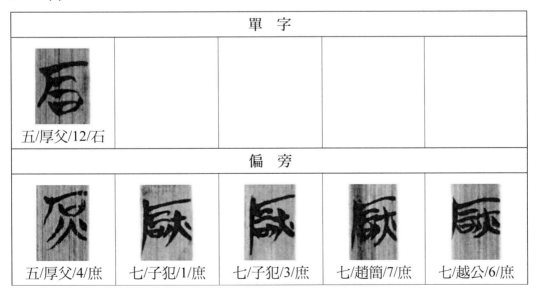 五/厚父/12/石				
偏　旁				
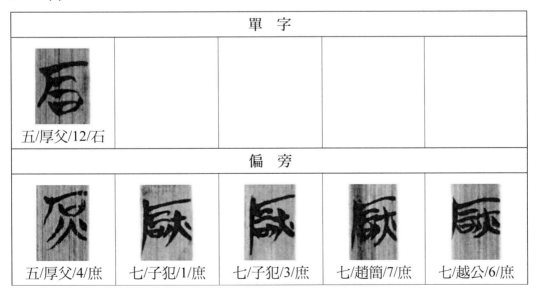 五/厚父/4/庶	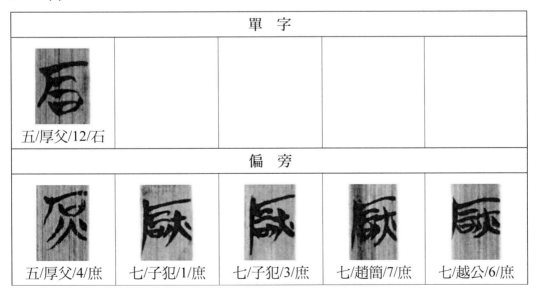 七/子犯/1/庶	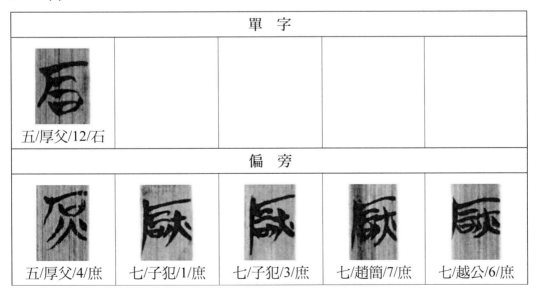 七/子犯/3/庶	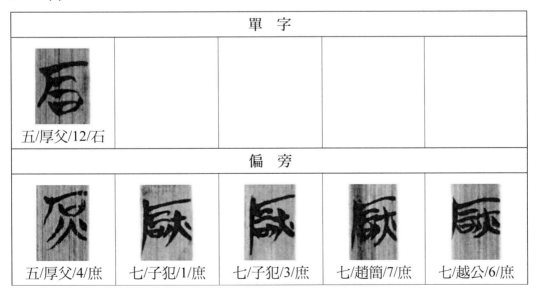 七/趙簡/7/庶	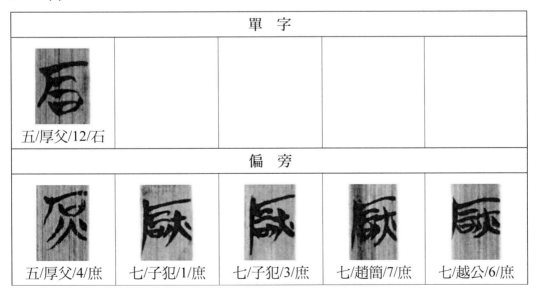 七/越公/6/庶

〔註221〕張世超主編：《金文形義通釋》，頁3237。
〔註222〕季師旭昇：《說文新證》，頁925。
〔註223〕季師旭昇：《說文新證》，頁604。

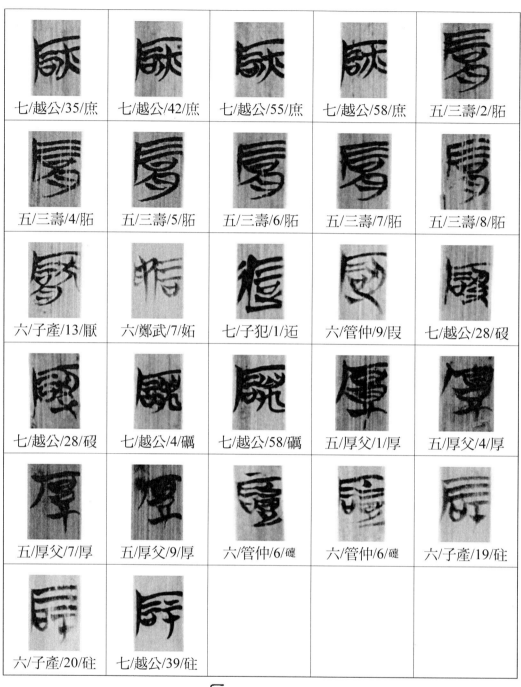

七/越公/35/庶	七/越公/42/庶	七/越公/55/庶	七/越公/58/庶	五/三壽/2/肦
五/三壽/4/肦	五/三壽/5/肦	五/三壽/6/肦	五/三壽/7/肦	五/三壽/8/肦
六/子產/13/厭	六/鄭武/7/妬	七/子犯/1/迡	六/管仲/9/叚	七/越公/28/碬
七/越公/28/碬	七/越公/4/礪	七/越公/58/礪	五/厚父/1/厚	五/厚父/4/厚
五/厚父/7/厚	五/厚父/9/厚	六/管仲/6/礪	六/管仲/6/礪	六/子產/19/砫
六/子產/20/砫	七/越公/39/砫			

《說文・卷九・石部》：「，山石也。在厂之下；口，象形。凡石之屬皆从石。」甲骨文形體寫作：（《合集》1846），（《合集》7698）。金文形體寫作：（《己侯貉子蓋》），（《作冊嗌卣》）。《金文形義通解》：「，象石磬之形。先民即以具體可象之磬形表現形體不定難以表現之石。」〔註224〕

〔註224〕張世超主編：《金文形義通解》，頁2342。

199 玉

單 字				
五/封許/6/玉	五/厚父/12/玉	五/湯門/6/玉		
偏 旁				
四/筮法/57/琥	四/筮法/57/璗	四/筮法/57/玩	四/筮法/58/環	五/封許/5/珪
五/封許/6/玩	五/封許/6/璁	五/三壽/11/寶	五/三壽/25/玟	六/鄭武/5/寶
六/鄭甲/11/璽	六/鄭乙/10/璽	六/子產/24/班		
訛 形				
五/命訓/12/豊	五/命訓/13/豊	五/命訓/14/豊	五/湯丘/2/體	五/三壽/15/豊
五/湯門/17/體	六/子產/5/體	六/子產/6/豊	六/管仲/19/豊	六/子儀/4/豊
六/子儀/5/豊	七/晉文/3/禮	七/趙簡/7/豊		

《說文・卷一・玉部》：「王，石之美。有五德：潤澤以溫，仁之方也；䚡理自外，可以知中，義之方也；其聲舒揚，專以遠聞，智之方也；不橈而折，勇之方也；銳廉而不技，絜之方也。象三玉之連。｜，其貫也。凡玉之屬皆从玉。〔陽冰曰：『三畫正均如貫玉也。』〕𤣥，古文玉。」甲骨文形體寫作：王（《合集》11364），王（《合集》7053）。金文形體寫作：王（《鳳作且癸卣》），王（《毛公鼎》）。李孝定：「象多玉之連，其數非必二或三也。」〔註225〕季師旭昇：「甲骨文象繫玉之形，玉形從三片到五片不等。因為字形和『王』字很近，所以戰國文字、漢印、西陲簡等，在玉形上加上兩筆區別符號。」〔註226〕

200 璧

偏 旁				
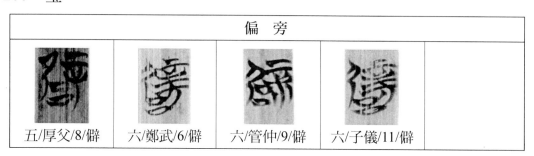				
五/厚父/8/僻	六/鄭武/6/僻	六/管仲/9/僻	六/子儀/11/僻	

《說文・卷九・辟部》：「辟，法也。从卩从辛，節制其辠也；从口，用法者也。凡辟之屬皆从辟。」《說文・卷一・玉部》：「璧，瑞玉圜也。从玉辟聲。」甲骨文形體寫作：辟（《花東》37），辟（《合集》8108）。金文形體寫作：辟（《善夫克鼎》），辟（《盂鼎》）。羅振玉釋形寫作：「○乃璧之本字，从○，辟聲，而借為訓法之辟。」〔註227〕

201 琮

偏 旁				
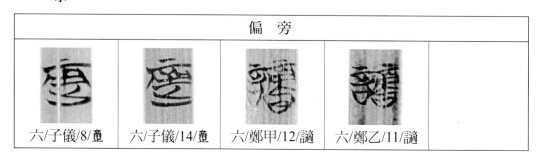				
六/子儀/8/豊	六/子儀/14/豊	六/鄭甲/12/譸	六/鄭乙/11/譸	

〔註225〕李孝定：《甲骨文字集釋》，頁131。
〔註226〕季師旭昇：《說文新證》，頁54。
〔註227〕羅振玉：《增訂殷虛書契考釋（中）》，頁56。

　　《說文・卷一・玉部》：「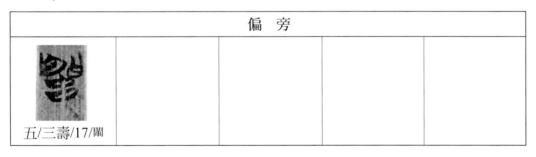，瑞玉。大八寸，似車釭。从玉宗聲。」甲骨文形體寫作：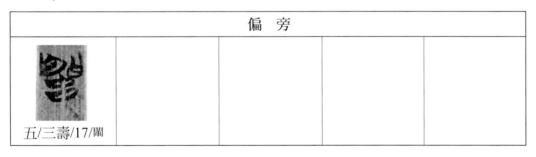（《合集》3310），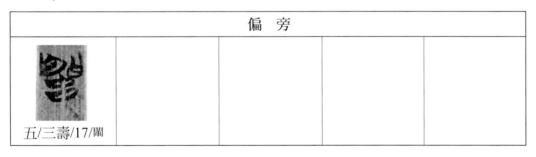（《合集》32804），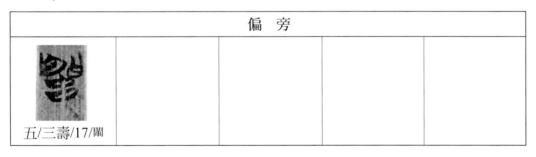（《合集》8101）。金文形體寫作：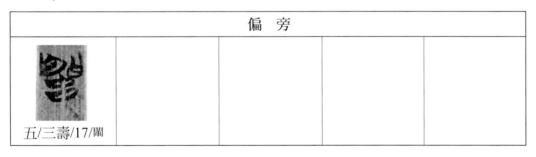（《亢鼎》）。「琮」字為象形字，象玉琮之形。〔註228〕

202　朋

偏　旁				
 七/子犯/13/陘				

　　《說文・卷四・鳥部》：「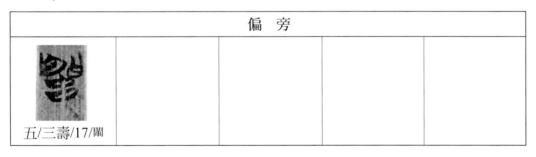，古文鳳，象形。鳳飛，羣鳥從以萬數，故以為朋黨字。」古文中「鵬」字從「朋」得聲，與「鳳」同為傳說中的神鳥。「朋」、「鳳」古音相近，但卻是不同字。甲骨文「朋」字寫作：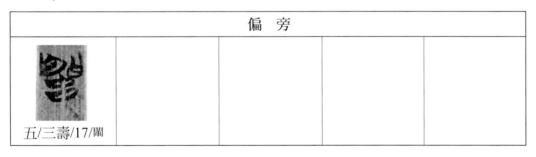（《合集》21773），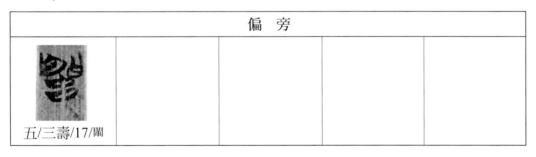（《合集》19636）。金文形體寫作：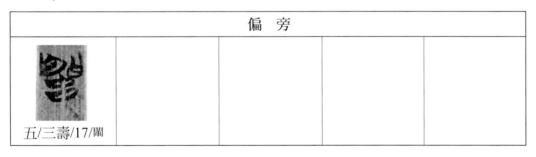（《復鼎》），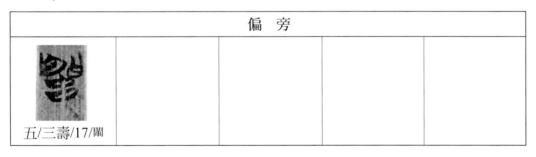（《裘衛鼎》）。「朋」字為象形字，象兩串玉串在一起的樣子。〔註229〕

203　串

偏　旁				
 五/三壽/17/闠				

　　《說文》中並無「串」字，「患」字所從聲符為「串」。《說文・卷十・心部》：「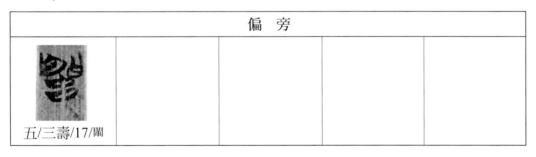，憂也。从心上貫吅，吅亦聲。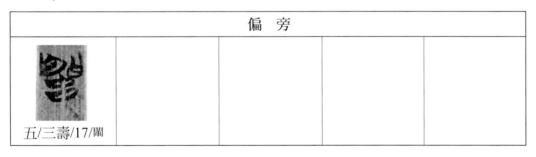，古文从關省。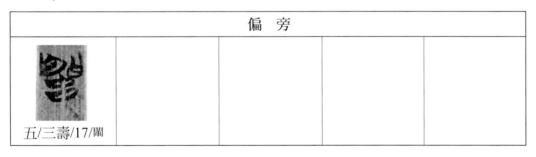，亦古文患。」甲骨文未見「串」字單字，有偏旁寫作：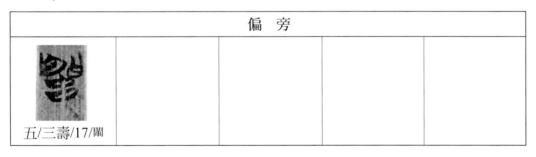（《合集》5899）。金文形體寫作：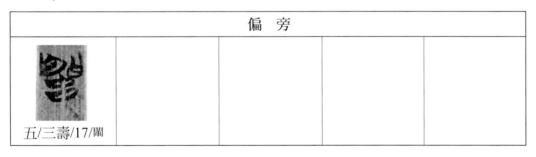（《串父癸癸》），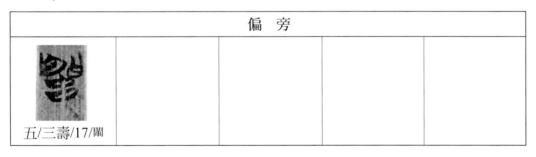（《父辛鼎》）。「串」字當為象形字，象貫物之形。〔註230〕

〔註228〕陳劍：〈釋「琮」及相關諸字〉《戰國竹書論集》，頁273～316。
〔註229〕季師旭昇：《說文新證》，頁306。
〔註230〕林義光：《文源》，頁136。

二十九、土鹽類

204　土

單　字				
五/湯門/19/土	五/三壽/21/土	六/子儀/1/土	七/越公/72/成	七/越公/75/成
偏　旁				
五/湯丘/8/社	五/鄭武/11/社	六/鄭甲/5/徒	六/鄭乙/4/徒	六/子儀/3/徒
六/子儀/5/徒	六/子產/16/徒	七/越公/17/徒	六/子產/21/邖	六/子儀/1/坄
四/筮法/30/坓	五/湯丘/1/尻	五/湯丘/15/尻	五/湯丘/1/坁	六/子產/21/坁
四/筮法/28/成	四/筮法/29/成	四/筮法/31/成	五/封許/3/成	五/命訓/1/成
五/命訓/1/成	五/命訓/13/成	五/命訓/14/成	五/湯丘/3/成	五/湯門/2/成

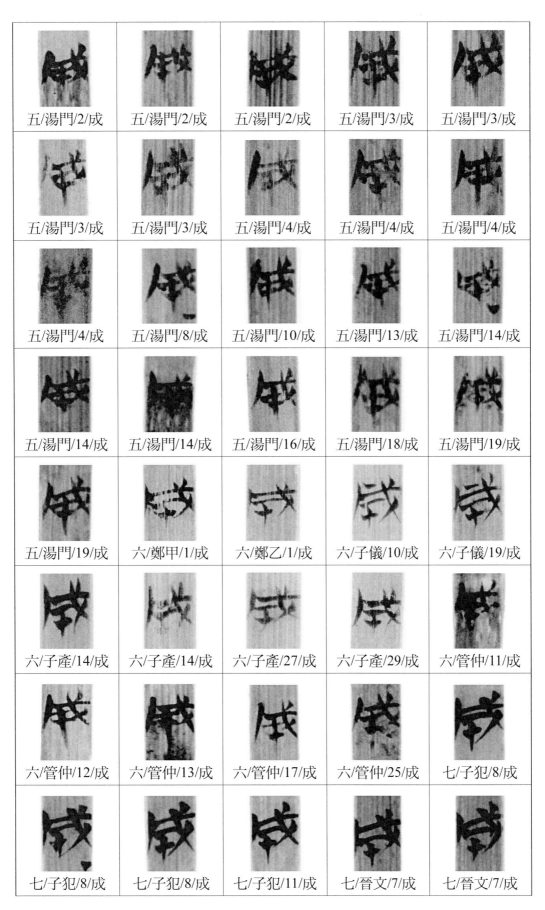

五/湯門/2/成	五/湯門/2/成	五/湯門/2/成	五/湯門/3/成	五/湯門/3/成
五/湯門/3/成	五/湯門/3/成	五/湯門/4/成	五/湯門/4/成	五/湯門/4/成
五/湯門/4/成	五/湯門/8/成	五/湯門/10/成	五/湯門/13/成	五/湯門/14/成
五/湯門/14/成	五/湯門/14/成	五/湯門/16/成	五/湯門/18/成	五/湯門/19/成
五/湯門/19/成	六/鄭甲/1/成	六/鄭乙/1/成	六/子儀/10/成	六/子儀/19/成
六/子產/14/成	六/子產/14/成	六/子產/27/成	六/子產/29/成	六/管仲/11/成
六/管仲/12/成	六/管仲/13/成	六/管仲/17/成	六/管仲/25/成	七/子犯/8/成
七/子犯/8/成	七/子犯/8/成	七/子犯/11/成	七/晉文/7/成	七/晉文/7/成

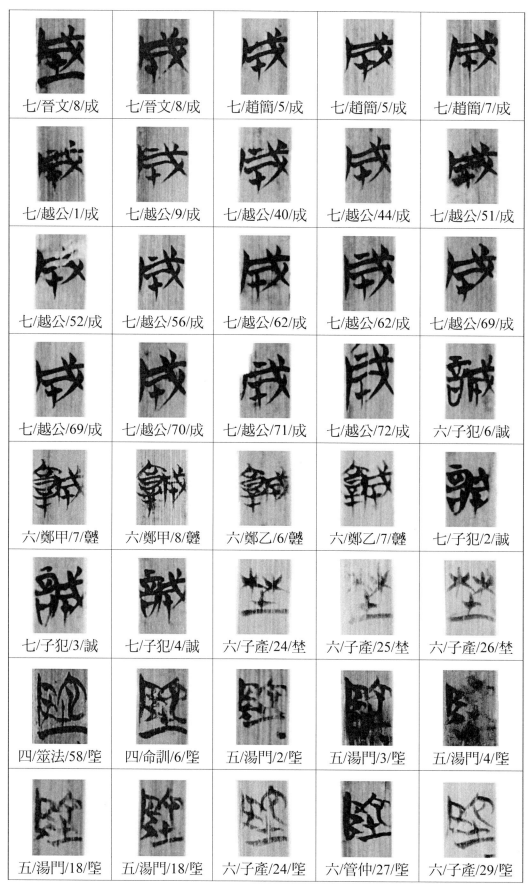

七/晉文/8/成	七/晉文/8/成	七/趙簡/5/成	七/趙簡/5/成	七/趙簡/7/成
七/越公/1/成	七/越公/9/成	七/越公/40/成	七/越公/44/成	七/越公/51/成
七/越公/52/成	七/越公/56/成	七/越公/62/成	七/越公/62/成	七/越公/69/成
七/越公/69/成	七/越公/70/成	七/越公/71/成	七/越公/72/成	六/子犯/6/誠
六/鄭甲/7/𩏑	六/鄭甲/8/𩏑	六/鄭乙/6/𩏑	六/鄭乙/7/𩏑	七/子犯/2/誠
七/子犯/3/誠	七/子犯/4/誠	六/子產/24/埜	六/子產/25/埜	六/子產/26/埜
四/筮法/58/堅	四/命訓/6/堅	五/湯門/2/堅	五/湯門/3/堅	五/湯門/4/堅
五/湯門/18/堅	五/湯門/18/堅	六/子產/24/堅	六/管仲/27/堅	六/子產/29/堅

七/越公/5/塦	七/越公/13/塦	七/越公/48/塦	七/越公/49/塦	七/越公/49/塦
七/越公/73/塦	七/越公/75/塦	六/子儀/2/塼	七/子犯/9/塼	六/管仲/2/譚
五/湯門/11/剚	五/湯門/13/剚	五/湯門/13/剚	五/湯門/17/剚	五/湯門/17/剚
五/湯門/17/剚	五/三壽/16/剚	五/湯丘/12/剚	五/封許/3/剚	六/管仲/9/剚
六/管仲/20/剚	六/子產/5/剚	六/子產/25/剚	六/子產/25/剚	六/子產/25/剚
六/子產/26/剚	七/子犯/13/剚	六/子儀/5/里	六/管仲/9/里	七/趙簡/10/里
七/越公/18/里	七/越公/65/里	七/越公/65/里	六/子產/5/腪	五/封許/3/釐
五/湯丘/8/鋜	五/厚父/12/叙	五/厚父/12/叙	五/厚父/14/叙	六/鄭乙/5/裋

六/鄭武/7/㜈	六/鄭武/15/㜈	六/管仲/6/㜈	六/管仲/6/㜈	六/管仲/7/㜈
六/管仲/12/㜈	六/子產/21/㜈	五/厚父/5/䢃	六/管仲/9/坒	七/越公/47/坒
五/命訓/11/均	五/命訓/13/均	五/命訓/14/均	六/管仲/10/均	七/越公/39/廷
五/命訓/8/陔	六/管仲/9/陔	六/子儀/5/隋	七/越公/28/陻	七/越公/56/陽
七/越公/34/陵	七/越公/34/陵	七/越公/32/歷	七/越公/41/歷	七/晉文/1/冕
七/越公/33/坐	五/三壽/17/聖	五/三壽/23/鈞	六/鄭甲/7/郢	六/鄭乙/6/郢
七/越公/28/塗	七/越公/30/塗	五/命訓/9/遆	六/子產/26/程	四/別卦/1/繁
四/筮法/5/䜌	五/命訓/11/蓳	五/三壽/20/攸	六/鄭甲/6/叔	六/子儀/17/糧

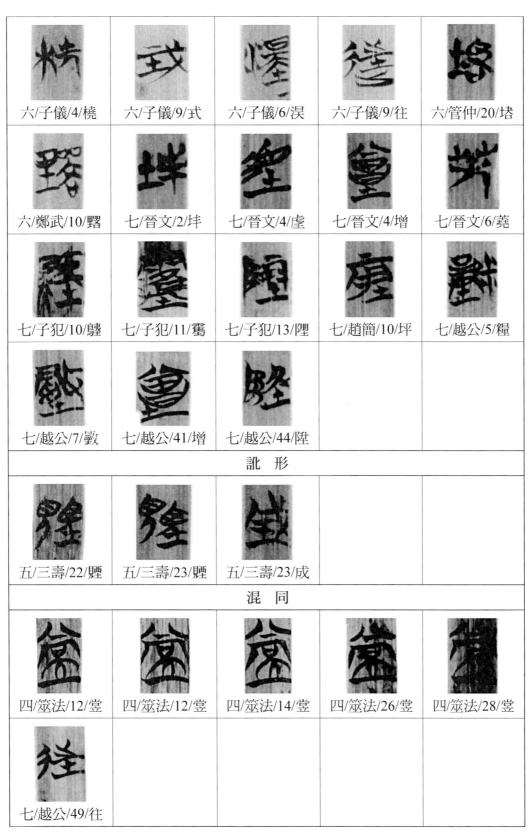

六/子儀/4/橈	六/子儀/9/弐	六/子儀/6/渓	六/子儀/9/往	六/管仲/20/塓
六/鄭武/10/罌	七/晉文/2/坢	七/晉文/4/虗	七/晉文/4/增	七/晉文/6/羮
七/子犯/10/鬙	七/子犯/11/霭	七/子犯/13/陘	七/趙簡/10/坪	七/越公/5/糧
七/越公/7/斁	七/越公/41/增	七/越公/44/陞		

訛　形

五/三壽/22/瞱	五/三壽/23/瞱	五/三壽/23/成

混　同

四/筮法/12/壹	四/筮法/12/壹	四/筮法/14/壹	四/筮法/26/壹	四/筮法/28/壹
七/越公/49/往				

《說文・卷十三・土部》:「土，地之吐生物者也。二象地之下、地之中，物出形也。凡土之屬皆从土。」甲骨文形體，Ω（《合集》06409），Δ（《合集

32118），♨（《合集》08776）。金文：▮（《大保簋》），▮（《戎生編鐘》）。王襄：「◊疑象土塊形，一為地，加點諸形，象塵之飛揚。」〔註231〕

205 西

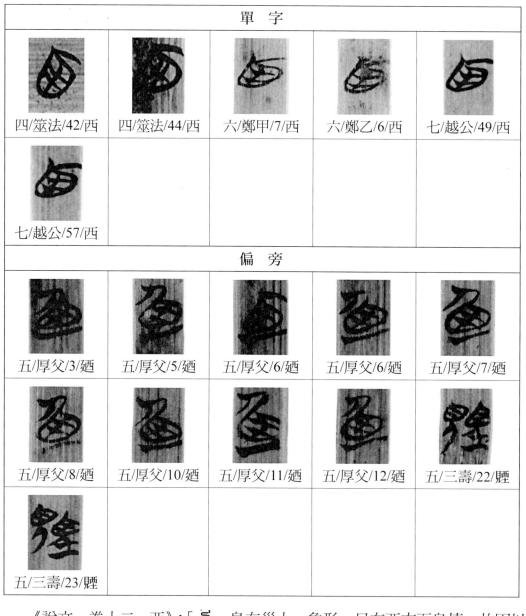

單 字				
四/筮法/42/西	四/筮法/44/西	六/鄭甲/7/西	六/鄭乙/6/西	七/越公/49/西
七/越公/57/西				

偏 旁				
五/厚父/3/廼	五/厚父/5/廼	五/厚父/6/廼	五/厚父/6/廼	五/厚父/7/廼
五/厚父/8/廼	五/厚父/10/廼	五/厚父/11/廼	五/厚父/12/廼	五/三壽/22/曀
五/三壽/23/曀				

　　《說文‧卷十二‧西》：「▮，鳥在巢上。象形。日在西方而鳥棲，故因以為東西之西。凡西之屬皆从西。▮西或从木、妻。▮古文西。▮籀文西。」甲骨文：▮（《合集》32161），▮（《合集》1672）。金文形體：▮（《多友鼎》）。季師在《說文新證》中提出，甲骨文的「西」兩種形體，▮形應當為鳥巢象形，

〔註231〕王襄：《古文流變臆說》，頁26。

由「栖」字假借為西；𣶒字當從「囪」字來，假借為「西」。〔註232〕

206　鹵

偏　旁				
六/鄭武/8/盧				

　　《說文・卷十二・鹵部》：「鹵，西方咸地也。从西省，象鹽形。安定有鹵縣。東方謂之㡿，西方謂之鹵。凡鹵之屬皆从鹵。」甲骨文形體寫作：（《合集》21171），（《合集》19497）。金文形體寫作：（《免盤》），（《戎生編鍾》）。從西，小點象鹽形。古文字中「西」、「鹵」亦往往可以互用。「西」、「鹵」可能為同源同形字，其後分化，以加鹽點者為「鹵」，不加者為「西」。不加點的形體同「囪」形不易區分。〔註233〕

〔註232〕季師旭昇：《說文新證》，頁832。
〔註233〕季師旭昇：《說文新證》，頁832。

三十、田　類

207　田

單　字			
六/管仲/27/田			
偏　旁			
四/筮法/2/男	四/筮法/3/男	四/筮法/7/男	四/筮法/10/男	四/筮法/15/男
四/筮法/17/男	四/筮法/18/男	四/筮法/19/男	四/筮法/21/男	四/筮法/21/男
四/筮法/51/男	四/筮法/62/男	七/越公/6/男	七/越公/25/男	七/越公/69/男
七/越公/70/男	五/湯門/8/畜	六/鄭甲/5/畜	六/鄭乙/4/畜	六/子儀/10/勣
六/子產/21/昋	六/子產/24/昋	七/越公/47/龔	六/管仲/9/里	六/子儀/5/里

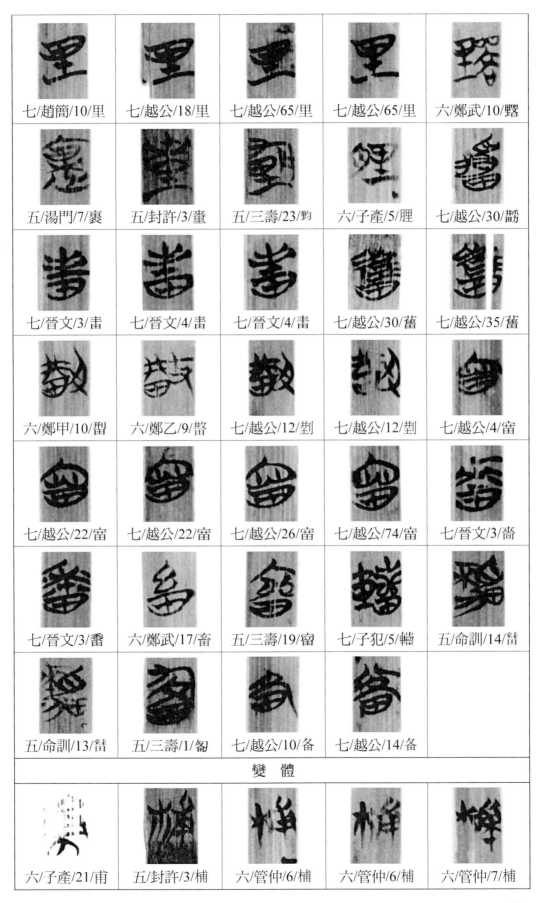

七/趙簡/10/里	七/越公/18/里	七/越公/65/里	七/越公/65/里	六/鄭武/10/𨤲
五/湯門/7/裏	五/封許/3/𡐀	五/三壽/23/駒	六/子產/5/胵	七/越公/30/勮
七/晉文/3/畫	七/晉文/4/畫	七/晉文/4/畫	七/越公/30/舊	七/越公/35/舊
六/鄭甲/10/㕝	六/鄭乙/9/敔	七/越公/12/剴	七/越公/12/剴	七/越公/4/宙
七/越公/22/宙	七/越公/22/宙	七/越公/26/宙	七/越公/74/宙	七/晉文/3/嗇
七/晉文/3/番	六/鄭武/17/畜	五/三壽/19/窗	七/子犯/5/轙	五/命訓/14/嗇
五/命訓/13/嗇	五/三壽/1/匈	七/越公/10/备	七/越公/14/备	

變 體				
六/子產/21/甫	五/封許/3/楠	六/管仲/6/楠	六/管仲/6/楠	六/管仲/7/楠

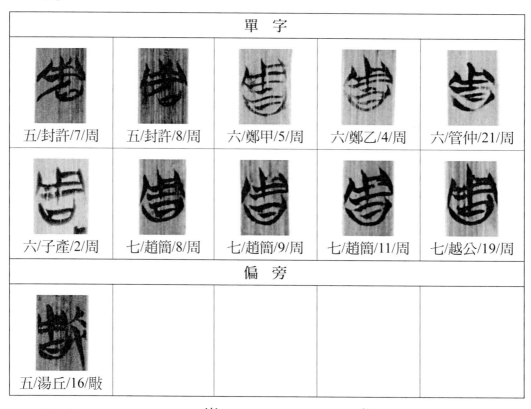

混　同				
六/子產/22/卑	五/湯丘/19/稷	七/晉文/8/稷	六/鄭武/11/禊	六/子儀/10/稷
七/晉文/4/寇	四/筮法/46/畾			

《說文・卷十三・田部》：「田，陳也。樹穀曰田。象四口。十，阡陌之制也。凡田之屬皆从田。」甲骨文形體：田（《合集》32959），田（《合集》28203），田（《合集》33209）。金文形體：田（《田父甲簋》），田（《令鼎》）。「田」字為象形字，象田壟阡陌縱橫之形。

208　周

單　字				
五/封許/7/周	五/封許/8/周	六/鄭甲/5/周	六/鄭乙/4/周	六/管仲/21/周
六/子產/2/周	七/趙簡/8/周	七/趙簡/9/周	七/趙簡/11/周	七/越公/19/周
偏　旁				
五/湯丘/16/敝				

《說文・卷二・口部》：「周，密也。从用、口。周古文周字从古文及。」甲骨文形體寫作：周（《合集》6825），田（《合集》1086），冊（《合集》6820）。

金文形體寫作：▉（《周免爵》），▉（《獻侯鼎》），▉（《大盂鼎》）。魯實先認為，「周」當為「疇」字之本字，象田疇形，後增加「口」形表示國族名。
〔註234〕

209　口

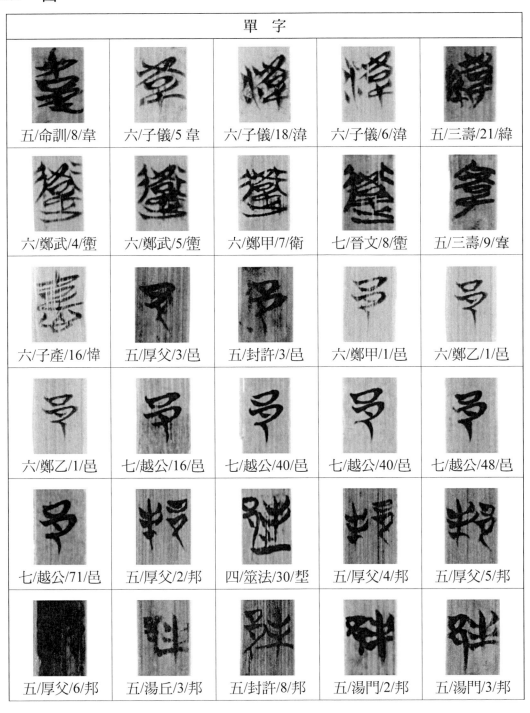

單　字				
五/命訓/8/韋	六/子儀/5 韋	六/子儀/18/潷	六/子儀/6/潷	五/三壽/21/緯
六/鄭武/4/薵	六/鄭武/5/薵	六/鄭甲/7/衛	七/晉文/8/薵	五/三壽/9/韋
六/子產/16/悼	五/厚父/3/邑	五/封許/3/邑	六/鄭甲/1/邑	六/鄭乙/1/邑
六/鄭乙/1/邑	七/越公/16/邑	七/越公/40/邑	七/越公/40/邑	七/越公/48/邑
七/越公/71/邑	五/厚父/2/邦	四/筮法/30/埅	五/厚父/4/邦	五/厚父/5/邦
五/厚父/6/邦	五/湯丘/3/邦	五/封許/8/邦	五/湯門/2/邦	五/湯門/3/邦

〔註234〕魯實先：《殷契新詮（三）》，頁1。

五/湯門/4/邦	五/湯門/10/邦	五/湯門/16/邦	五/三壽/12/邦	五/三壽/10/邦
五/三壽/19/邦	六/鄭武/1/邦	六/鄭武/3/邦	六/鄭武/4/邦	六/鄭武/6/邦
六/鄭武/10/邦	六/鄭武/11/邦	六/鄭武/14/邦	六/鄭武/17/邦	六/鄭甲/13/邦
六/鄭乙/12/邦	六/子儀/2/邦	六/子儀/17/邦	六/子產/2/邦	六/子產/2/邦
六/子產/12/邦	六/子產/14/邦	六/子產/14/邦	六/子產/16/邦	六/子產/20/邦
六/子產/21/坯	六/子產/24/邦	六/子產/25/邦	六/管仲/8/邦	六/管仲/9/都
六/管仲/14/邦	六/管仲/14/邦	六/管仲/16/邦	六/管仲/20/邦	六/管仲/22/邦
六/管仲/25/邦	六/管仲/29/邦	七/子犯/1/邦	七/子犯/3/邦	七/子犯/7/邦

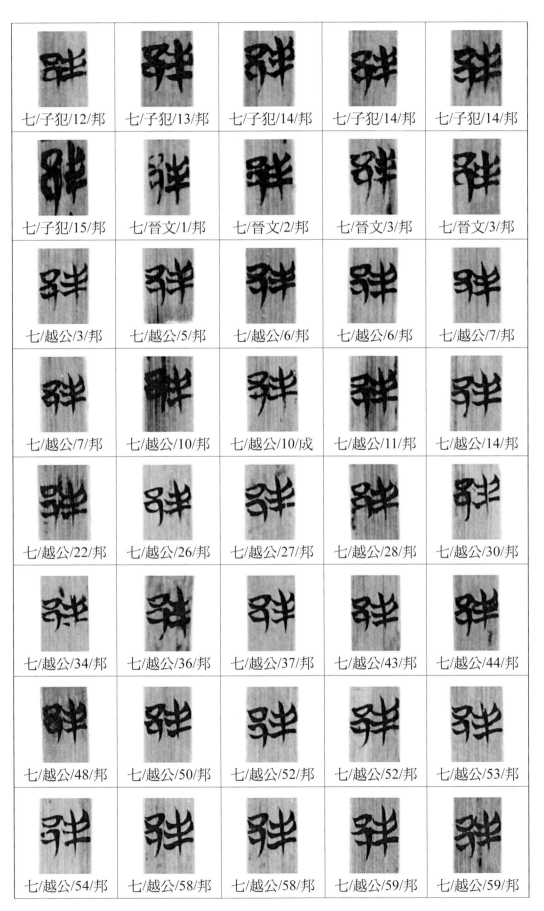

七/子犯/12/邦	七/子犯/13/邦	七/子犯/14/邦	七/子犯/14/邦	七/子犯/14/邦
七/子犯/15/邦	七/晉文/1/邦	七/晉文/2/邦	七/晉文/3/邦	七/晉文/3/邦
七/越公/3/邦	七/越公/5/邦	七/越公/6/邦	七/越公/6/邦	七/越公/7/邦
七/越公/7/邦	七/越公/10/邦	七/越公/10/成	七/越公/11/邦	七/越公/14/邦
七/越公/22/邦	七/越公/26/邦	七/越公/27/邦	七/越公/28/邦	七/越公/30/邦
七/越公/34/邦	七/越公/36/邦	七/越公/37/邦	七/越公/43/邦	七/越公/44/邦
七/越公/48/邦	七/越公/50/邦	七/越公/52/邦	七/越公/52/邦	七/越公/53/邦
七/越公/54/邦	七/越公/58/邦	七/越公/58/邦	七/越公/59/邦	七/越公/59/邦

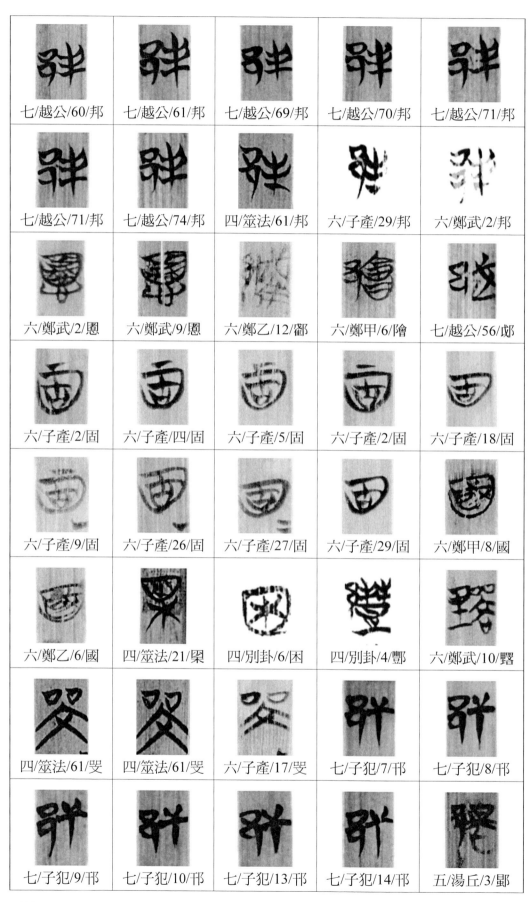

七/越公/60/邦	七/越公/61/邦	七/越公/69/邦	七/越公/70/邦	七/越公/71/邦
七/越公/71/邦	七/越公/74/邦	四/筮法/61/邦	六/子產/29/邦	六/鄭武/2/邦
六/鄭武/2/慁	六/鄭武/9/慁	六/鄭乙/12/𨟻	六/鄭甲/6/隖	七/越公/56/邨
六/子產/2/固	六/子產/四/固	六/子產/5/固	六/子產/2/固	六/子產/18/固
六/子產/9/固	六/子產/26/固	六/子產/27/固	六/子產/29/固	六/鄭甲/8/國
六/鄭乙/6/國	四/筮法/21/罞	四/別卦/6/困	四/別卦/4/酆	六/鄭武/10/𨟻
四/筮法/61/叟	四/筮法/61/叟	六/子產/17/叟	七/子犯/7/邗	七/子犯/8/邗
七/子犯/9/邗	七/子犯/10/邗	七/子犯/13/邗	七/子犯/14/邗	五/湯丘/3/鄙

 六/子儀/19/鄗	 六/鄭甲/8/虈	 六/鄭乙/7/虈	 六/鄭甲/13/殷	 七/子犯/12/殷
 六/鄭甲/7/郢	 六/鄭甲/7/蔡	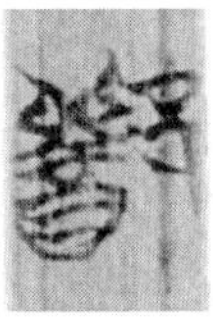 六/鄭乙/6/[illegible]	 六/鄭乙/6/郢	 七/越公/16/鄒
 七/越公/44/鄒	 七/越公/51/鄒	 七/越公/52/鄒	 七/越公/62/鄒	 七/越公/20/鄒
 七/越公/35/鄒	 七/越公/39/鄒	 七/越公/62/鄒	 七/越公/73/邲	 七/越公/4/郙
 六/鄭甲/7/鄝	 六/鄭乙/6/鄝	 五/三壽/10/殷	 七/越公/39/鄒	 四/別卦/1/啚
 六/鄭甲/8/鄙	 六/鄭甲/8/鄗	 六/鄭乙/5/隮	 六/鄭乙/6/郤	 六/鄭乙/7/鄙
 六/鄭乙/7/[illegible]	 六/鄭乙/7/鄗			
混　同				
 四/別卦/2/[illegible]				

《說文・卷六・囗部》:「囗,回也。象回帀之形。凡囗之屬皆从囗。」
以甲骨文中的「韋」字為例:(《合集》01772)、(《合集》12346),中部形體即為「囗」。金文「邑」字上從「囗」:。季師釋形作:「城邑,圍的初文。古文字未見單獨出現的囗字,但在偏旁中多見,學者都釋為城邑的象形,可從。」〔註235〕

210 甫

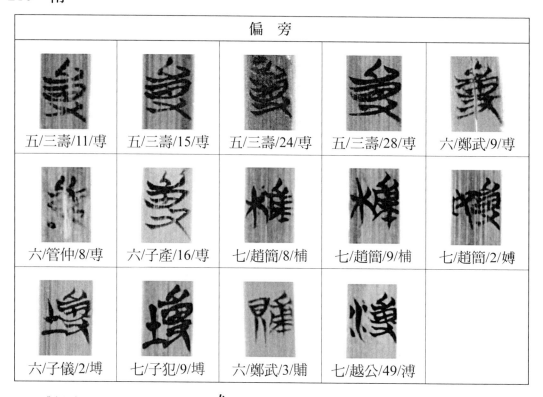

偏　旁				
五/三壽/11/專	五/三壽/15/專	五/三壽/24/專	五/三壽/28/專	六/鄭武/9/專
六/管仲/8/專	六/子產/16/專	七/趙簡/8/補	七/趙簡/9/補	七/趙簡/2/尃
六/子儀/2/塼	七/子犯/9/塼	六/鄭武/3/賻	七/越公/49/溥	

《說文・卷三・用部》:「甫,男子美稱也。从用、父,父亦聲。」甲骨文形體寫作:金文形體寫作:(《合集》20042),(《合集》20715),(《合集》595 正)。金文形體寫作:(《宰父卣》),(《曾仲斿父簋》)。「甫」為「圃」之初文,假藉為稱呼、地名、族名等。「中」部逐步聲化為「父」聲。〔註236〕

〔註235〕季師旭昇:《說文新證》,頁 515。
〔註236〕季師旭昇:《說文新證》,頁 254。

211　㠯

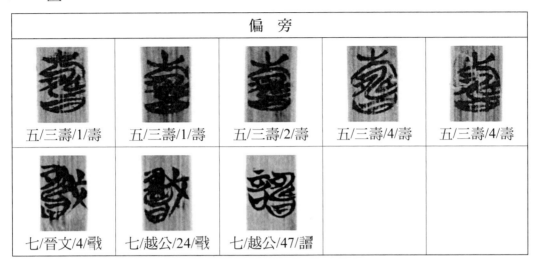

偏　旁				
五/三壽/1/壽	五/三壽/1/壽	五/三壽/2/壽	五/三壽/4/壽	五/三壽/4/壽
七/晉文/4/虖	七/越公/24/虖	七/越公/47/譶		

　　《說文・卷十三・田部》：「畮，耕治之田也。从田，象耕屈之形。㠯，畮或省。」「㠯」字甲骨文形體寫作：𢀜（《前》7.38.2），𢀜（《明藏》200）。金文形體寫作：𢀜（《豆閉簋》），𢀜（《彔伯簋》）。駱珍伊提出甲骨文「㠯」字中部的「乙」形可能表示河流，古人多在水岸附近的沉積平原耕種，或許即以此表示田疇之意。〔註237〕

〔註237〕駱珍伊：《〈上海博物館藏戰國楚竹書（七）～（九）〉與〈清華大學藏戰國竹簡（壹）～（叁）〉字根研究》，頁281。

三十一、獸　類

212　牛

單　字			
七/晉文/3/牛			

偏　旁				
五/湯門/8/繡	六/子產/17/繡	五/湯門/17/解	五/湯門/20/解	六/管仲/21/解
五/命訓/11/牧	五/三壽/10/牧	五/三壽/22/牧	六/子產/17/牧	六/鄭甲/9/牢
六/鄭乙/8/牢	四/筮法/2/牝	五/三壽/9/讀	六/子儀/13/續	六/鄭武/11/告
六/子儀/8/告	七/越公/9/告	七/越公/20/告	七/越公/39/告	七/越公/69/告
七/越公/72/告	七/越公/33/牿			

混　同				
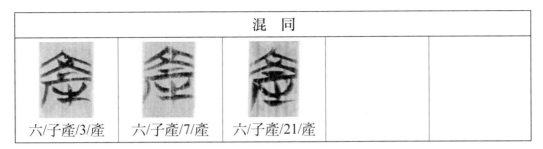				
六/子產/3/產	六/子產/7/產	六/子產/21/產		

《說文・卷二・牛部》：「⩎，大牲也。牛，件也；件，事理也。象角頭三、封尾之形。凡牛之屬皆从牛。」甲骨文形體寫作：⩎（《合集》21120），⩎（《合集》22078）。金文形體寫作：⩎（《叔簋》），⩎（《友簋》）。牛字為象形字，象牛頭部。

213　羊

單　字				
七/晉文/3/羊				
偏　旁				
五/湯丘/1/善	五/湯丘/6/善	五/湯丘/9/善	五/湯丘/10/善	六/鄭甲/11/善
六/鄭乙/10/善	六/子產/16/善	六/子產/16/善	六/子產/17/善	六/子產/17/善
六/子產/18/善	六/子產/19/善	六/子產/20/善	六/子產/20/善	六/子產/23/善
六/子產/23/善	六/鄭武/8/善	六/鄭武/10/善	六/管仲/1/善	六/管仲/2/善

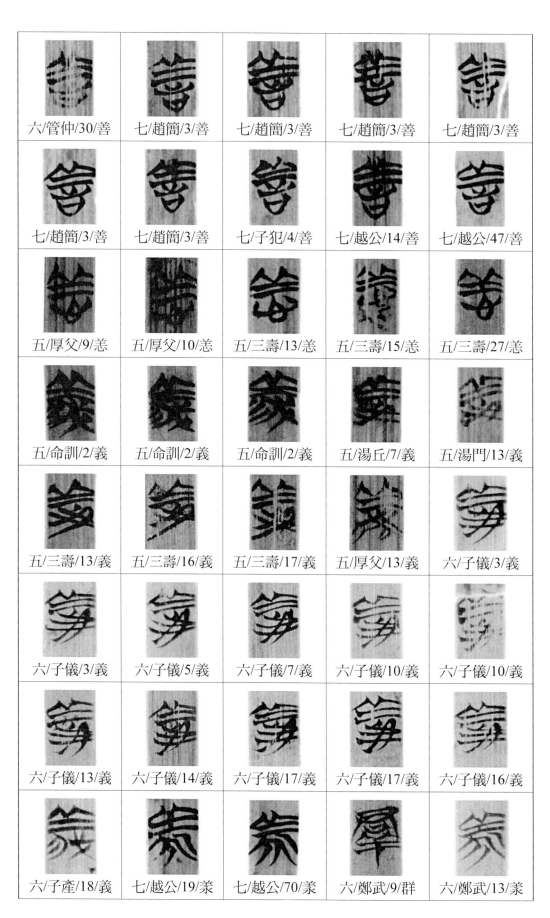

六/管仲/30/善	七/趙簡/3/善	七/趙簡/3/善	七/趙簡/3/善	七/趙簡/3/善
七/趙簡/3/善	七/趙簡/3/善	七/子犯/4/善	七/越公/14/善	七/越公/47/善
五/厚父/9/恙	五/厚父/10/恙	五/三壽/13/恙	五/三壽/15/恙	五/三壽/27/恙
五/命訓/2/義	五/命訓/2/義	五/命訓/2/義	五/湯丘/7/義	五/湯門/13/義
五/三壽/13/義	五/三壽/16/義	五/三壽/17/義	五/厚父/13/義	六/子儀/3/義
六/子儀/3/義	六/子儀/5/義	六/子儀/7/義	六/子儀/10/義	六/子儀/10/義
六/子儀/13/義	六/子儀/14/義	六/子儀/17/義	六/子儀/17/義	六/子儀/16/義
六/子產/18/義	七/越公/19/羕	七/越公/70/羕	六/鄭武/9/群	六/鄭武/13/羕

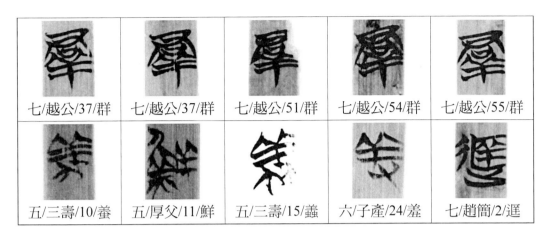

七/越公/37/群	七/越公/37/群	七/越公/51/群	七/越公/54/群	七/越公/55/群
五/三壽/10/羕	五/厚父/11/鮮	五/三壽/15/蠱	六/子產/24/羞	七/趙簡/2/遅

　　《說文·卷四·羊部》：「羊，祥也。从丫，象頭角足尾之形。孔子曰：『牛羊之字以形舉也。』凡羊之屬皆从羊。」甲骨文形體寫作：丫（《合集》19932），丫（《合集》20679），丫（《合集》14395）。金文形體寫作：丫（《羊鼎》），丫（《師同鼎》），丫（《智鼎》）。「羊」字為象形字，其上象羊角形，表示羊最為突出的特徵。

214　豕

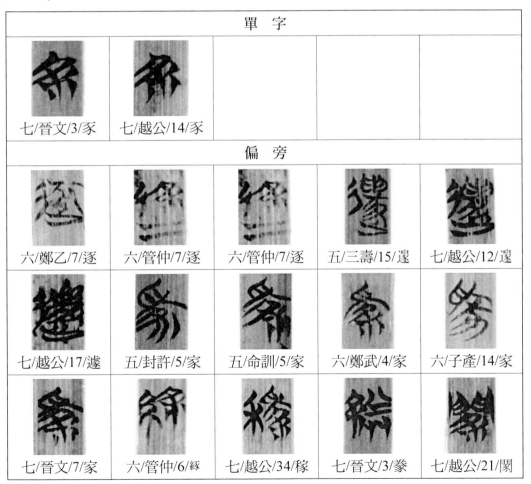

單　字				
七/晉文/3/豕	七/越公/14/豕			
偏　旁				
六/鄭乙/7/逐	六/管仲/7/逐	六/管仲/7/逐	五/三壽/15/遽	七/越公/12/遽
七/越公/17/遽	五/封許/5/家	五/命訓/5/家	六/鄭武/4/家	六/子產/14/家
七/晉文/7/家	六/管仲/6/緣	七/越公/34/稼	七/晉文/3/豢	七/越公/21/闌

《說文‧卷九‧豕部》：「，彘也。竭其尾，故謂之豕。象毛足而後有尾。讀與豨同。（桉：今世字，誤以豕為彘，以彘為豕。何以明之？為啄琢從豕，蟸從彘。皆取其聲，以是明之。）凡豕之屬皆從豕。古文。」甲骨文：（《合集》20680），（《合集》33615）。金文：（《肆作父乙簋》），（《頌鼎》）。「豕」為象形字，甲骨文同「犬」字形體類似，但「犬」字尾上揚，「豕」字尾下垂。〔註238〕

215　犬

單　字				
六/子儀/11/犬	七/晉文/3/犬			
偏　旁				
六/鄭武/17/肰	六/鄭甲/2/肰	七/子犯/10/肰	七/晉文/2/肰	七/晉文/3/肰
七/晉文/4/肰	七/晉文/5/肰	七/趙簡/8/肰	七/趙簡/9/肰	七/趙簡/10/肰
七/越公/16/肰	七/越公/23/肰	四/筮法/29/然	六/鄭乙/2/然	六/鄭武/16/然
六/子產/18/然	六/管仲/27/然	五/封許/8/猷	五/封許/3/猷	五/封許/5/猷

〔註238〕季師旭昇：《說文新證》，頁733。

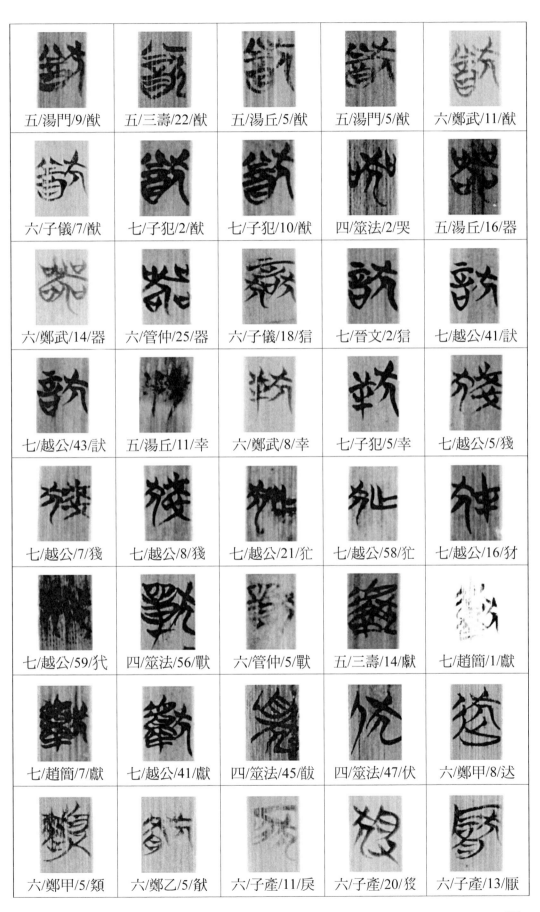

五/湯門/9/猷	五/三壽/22/猷	五/湯丘/5/猷	五/湯門/5/猷	六/鄭武/11/猷
六/子儀/7/猷	七/子犯/2/猷	七/子犯/10/猷	四/筮法/2/哭	五/湯丘/16/器
六/鄭武/14/器	六/管仲/25/器	六/子儀/18/狷	七/晉文/2/狷	七/越公/41/猷
七/越公/43/猷	五/湯丘/11/幸	六/鄭武/8/幸	七/子犯/5/幸	七/越公/5/猴
七/越公/7/猴	七/越公/8/猴	七/越公/21/犰	七/越公/58/犰	七/越公/16/犲
七/越公/59/犹	四/筮法/56/獸	六/管仲/5/獸	五/三壽/14/獻	七/趙簡/1/獻
七/趙簡/7/獻	七/越公/41/獻	四/筮法/45/馘	四/筮法/47/伏	六/鄭甲/8/达
六/鄭甲/5/類	六/鄭乙/5/猷	六/子產/11/戾	六/子產/20/燹	六/子產/13/厭

七/越公/17/狼	七/越公/16/㺒	七/越公/22/獟	七/越公/46/芺	

《說文·卷十·犬部》：「ㄤ，狗之有縣蹏者也。象形。孔子曰：『視犬之字如畫狗也。』凡犬之屬皆从犬。」甲骨文犬形體寫作：ㄐ（《合集》32775），ㄑ（《合集》30510）。金文形體寫作：ㄙ（《史犬觶》）。王國維：「腹瘦尾拳者為犬，腹肥尾垂者為豕。」〔註239〕

216 鼬（豚）

偏　旁				
五/三壽/19/豨	六/鄭武/3/豨	七/趙簡/4/豨	七/趙簡/5/豨	七/趙簡/5/豨
七/趙簡/6/豨	七/趙簡/6/豨	七/趙簡/6/豨	七/趙簡/7/豨	七/晉文/2/豨
七/晉文/2/豨				

《說文·卷十·鼠部》：「鼬，如鼠，赤黃而大，食鼠者。从鼠由聲。」甲骨文未見「鼬」字，金文形體寫作：（《彔伯東簋》），（《散氏盤》），（《師克盨》）。朱芳圃謂：「象獸形。從篆文改為䍃聲證之，當即鼬之初文。」〔註240〕

〔註239〕李孝定：《甲骨文字集釋》，頁3091。
〔註240〕朱芳圃：《殷周文字釋叢》，頁11～12。

217 鼠

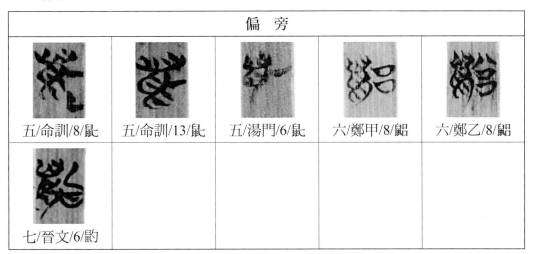

偏 旁				
五/命訓/8/鼠	五/命訓/13/鼠	五/湯門/6/鼠	六/鄭甲/8/鼩	六/鄭乙/8/鼩
七/晉文/6/鼢				

《說文·卷十·鼠部》：「鼠，穴蟲之總名也。象形。凡鼠之屬皆从鼠。」甲骨文形體寫作：（《合集》13960），（《合集》11416）。葉玉森謂甲骨文「鼠」字上小點象米粒。鼠善疑，將食米仍卻顧疑怯。〔註241〕季師謂：「楚系上从齒，強調鼠輩牙齒銳利。」〔註242〕

218 馬

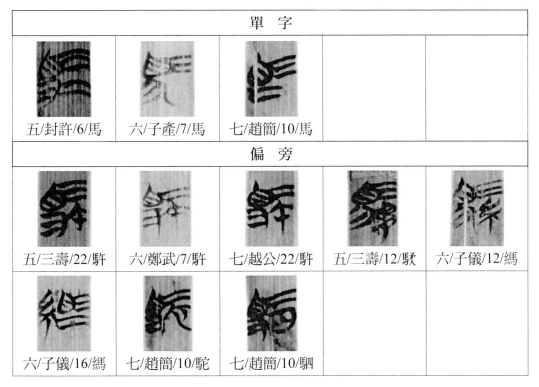

單 字				
五/封許/6/馬	六/子產/7/馬	七/趙簡/10/馬		
偏 旁				
五/三壽/22/駢	六/鄭武/7/駢	七/越公/22/駢	五/三壽/12/駁	六/子儀/12/媽
六/子儀/16/媽	七/趙簡/10/駝	七/趙簡/10/駟		

〔註241〕葉玉森：《殷虛書契前編集釋》，頁108。
〔註242〕季師旭昇：《說文新證》，頁751。

《說文‧卷十‧馬部》:「[象形字], 怒也。武也。象馬頭髦尾四足之形。凡馬之屬皆从馬。[象形字] 古文。[象形字] 籀文馬與影同, 有髦。」甲骨文馬字寫作:[象形字](《合集》7350), [象形字](《合集》10405)。金文馬字寫作:[象形字](《令鼎》), [象形字](《召卣》)。姚孝遂釋形作:「象頭尾是也, 不得象四足。金甲文獸類字多象其側面形, 僅見其二足。」〔註243〕

219 鹿

偏　旁				
四/筮法/1/麀	四/筮法/3/麀	四/筮法/4/麀	四/別卦/4/纏	六/子產/21/麇
六/鄭甲/11/鹿	六/鄭乙/10/鹿	六/子產/3/麗	六/子產/21/麠	六/子儀/8/麗
六/子儀/16/麇	六/子儀/18/儷	七/晉文/7/襄		

《說文‧卷十‧鹿部》:「[象形字], 獸也。象頭角四足之形。鳥鹿足相似, 从匕。凡鹿之屬皆从鹿。」甲骨文「鹿」字寫作:[象形字](《合集》10268)。[象形字](《合集》28327)。金文形體寫作:[象形字](《命簋》)。鹿字為象形字, 象鹿之形。

220 兔

單　字				
六/子儀/14/兔				

〔註243〕于省吾主編:《甲骨文字詁林》, 頁1592。

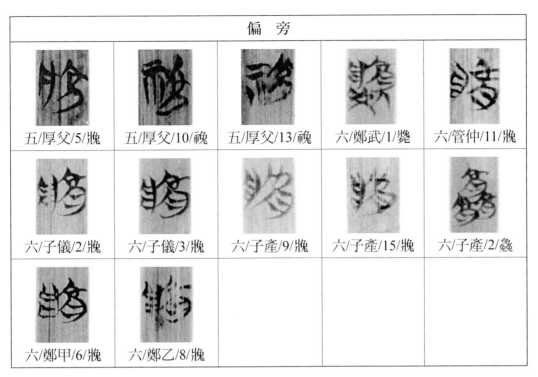

偏 旁				
五/厚父/5/挽	五/厚父/10/禡	五/厚父/13/禡	六/鄭武/1/虩	六/管仲/11/挽
六/子儀/2/挽	六/子儀/3/挽	六/子產/9/挽	六/子產/15/挽	六/子產/2/虩
六/鄭甲/6/挽	六/鄭乙/8/挽			

《說文・卷十・兔部》：「㲋，獸名。象踞，後其尾形。兔頭與㲋頭同。凡兔之屬皆从兔。」甲骨文形體寫作：㲋（《合集》201），㲋（《合集》4616）。金文未見獨體字，作為偏旁形體寫作：㲋（《盂鼎》）。羅振玉：「長耳而闕尾，象兔形。」〔註244〕

221　虍（虎）

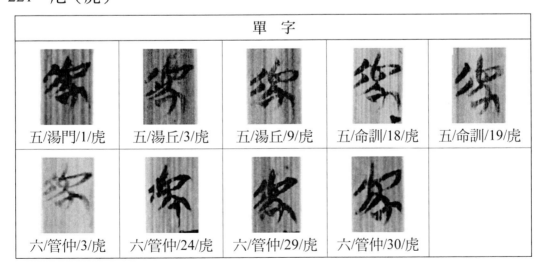

單 字				
五/湯門/1/虎	五/湯丘/3/虎	五/湯丘/9/虎	五/命訓/18/虎	五/命訓/19/虎
六/管仲/3/虎	六/管仲/24/虎	六/管仲/29/虎	六/管仲/30/虎	

〔註244〕羅振玉：《增訂殷墟書契考釋（中）》，頁31。

偏 旁				
五/厚父/8/虔	五/湯丘/6/虗	五/湯丘/8/虗	五/湯丘/9/虗	五/湯丘/13/虗
五/湯丘/16/瘖	五/三壽/2/虗	五/三壽/4/虗	五/三壽/5/虗	五/三壽/6/虗
五/三壽/7/虗	五/三壽/7/虗	五/三壽/8/虗	五/三壽/9/虗	五/三壽/12/虗
五/三壽/23/虗	五/三壽/27/虗	五/三壽/28/虗	六/鄭武/1/虗	六/鄭武/3/虗
六/鄭武/3/虗	六/鄭武/3/虗	六/鄭武/5/虗	六/鄭武/5/虗	六/鄭武/9/虗
六/鄭武/10/虗	六/鄭武/10/虗	六/鄭武/11/虗	六/鄭武/11/虗	六/鄭武/15/虗
六/鄭武/16/虗	六/鄭武/16/虗	六/鄭武/17/虗	六/鄭武/18/虗	六/鄭甲/2/
六/鄭甲/4/虗	六/鄭甲/6/虗	六/鄭甲/6/虗	六/鄭甲/7/虗	六/鄭甲/7/虗

六/鄭甲/8/虗	六/鄭甲/9/虗	六/鄭甲/10/虗	六/鄭甲/10/虗	六/鄭甲/12/虗
六/鄭甲/13/虗	六/鄭乙/1/虗	六/鄭乙/5/虗	六/鄭乙/6/虗	六/鄭乙/6/虗
六/鄭乙/7/虗	六/鄭乙/7/虗	六/鄭乙/8/虗	六/鄭乙/9/虗	六/鄭乙/10/虗
六/鄭乙/12/虗	六/子儀/7/虗	六/子儀/10/虗	七/子犯/2/虗	七/子犯/4/虗
七/子犯/5/虗	七/子犯/10/虗	七/趙簡/1/虗	七/趙簡/2/虗	七/趙簡/2/虗
七/趙簡/4/虗	七/趙簡/7/虗	七/趙簡/8/虗	七/趙簡/10/虗	七/越公/3/虗
七/越公/11/虗	七/越公/13/虗	七/越公/14/虗	七/越公/16/虗	七/越公/12/虗
七/越公/12/虗	七/越公/22/虗	七/越公/49/虗	七/晉文/4/虗	五/封許/7/虗

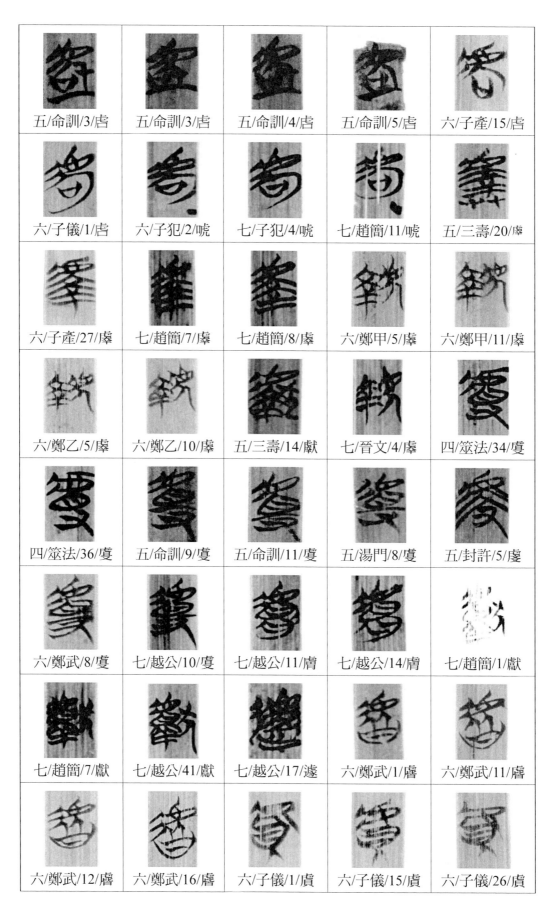

五/命訓/3/虐	五/命訓/3/虐	五/命訓/4/虐	五/命訓/5/虐	六/子產/15/虐
六/子儀/1/虐	六/子犯/2/唬	七/子犯/4/唬	七/趙簡/11/唬	五/三壽/20/辠
六/子產/27/辠	七/趙簡/7/辠	七/趙簡/8/辠	六/鄭甲/5/辠	六/鄭甲/11/辠
六/鄭乙/5/辠	六/鄭乙/10/辠	五/三壽/14/獻	七/晉文/4/辠	四/筮法/34/虔
四/筮法/36/虔	五/命訓/9/虔	五/命訓/11/虔	五/湯門/8/虔	五/封許/5/虔
六/鄭武/8/虔	七/越公/10/虔	七/越公/11/膚	七/越公/14/膚	七/趙簡/1/獻
七/趙簡/7/獻	七/越公/41/獻	七/越公/17/遽	六/鄭武/1/虒	六/鄭武/11/虒
六/鄭武/12/虒	六/鄭武/16/虒	六/子儀/1/虎	六/子儀/15/虎	六/子儀/26/虎

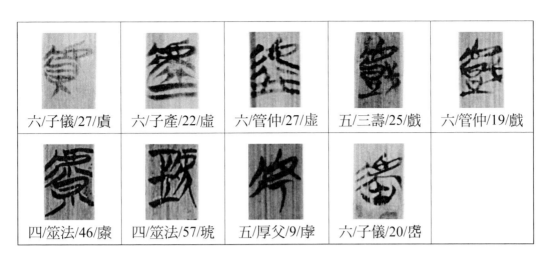

 六/子儀/27/虘	 六/子產/22/虛	 六/管仲/27/虛	 五/三壽/25/戲	 六/管仲/19/戲
 四/筮法/46/虞	 四/筮法/57/琥	 五/厚父/9/虖	 六/子儀/20/虐	

《說文·卷五·虍部》:「，虎文也。象形。凡虍之屬皆从虍。」甲骨文中的「虎」單字寫作：（《合集》20706），（《合集》671）。「虎」字用作偏旁的時候，寫作：（《合集》22088），此字上部為「虍」，下部為「來」。鋒利的牙齒和大口，是老虎最為顯著的特徵。作為偏旁的「虍」形，便象形虎牙與張開的虎口形。金文中的「虎」字寫作：（《召伯虎盨》）。《史牆盤》中有字，上部「虍」形保存虎口與虎牙的特徵。「虍」應當為「虎」的省體象形字。

222　彘

偏　旁				
 四/別卦/5/[illegible]				

《說文·卷九·彑部》:「，豕也。後蹏發謂之彘。从彑矢聲；从二匕，彘足與鹿足同。」甲骨文形體寫作：（《懷》1499），（《合集》22361）。金文形體寫作：（《彘觚》），（《三年興壺》）。「彘」字為會意字，會以矢射豕。〔註 245〕

〔註 245〕季師旭昇：《說文新證》，736。

223 尨

偏　旁				
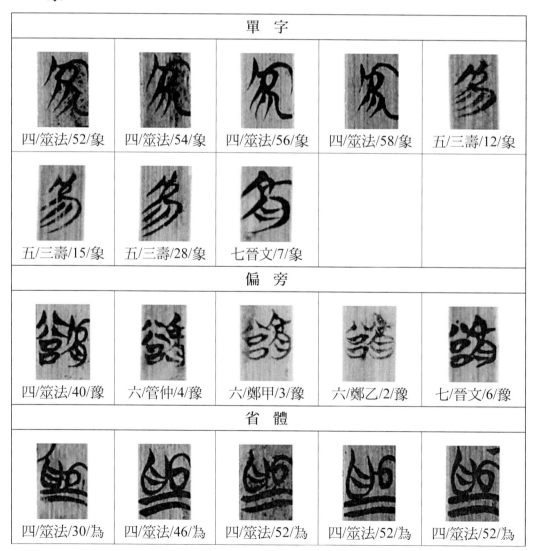四/別卦/2/㤧				

《說文·卷十·犬部》:「尨,犬之多毛者。从犬从彡。《詩》曰:『無使尨也吠。』」甲骨文形體寫作:（《合集》4642）,（《合集》11208）。依照《說文》釋義,「尨」當為一種多毛的犬。

224 象

單　字				
四/筮法/52/象	四/筮法/54/象	四/筮法/56/象	四/筮法/58/象	五/三壽/12/象
五/三壽/15/象	五/三壽/28/象	七晉文/7/象		
偏　旁				
四/筮法/40/豫	六/管仲/4/豫	六/鄭甲/3/豫	六/鄭乙/2/豫	七/晉文/6/豫
省　體				
四/筮法/30/為	四/筮法/46/為	四/筮法/52/為	四/筮法/52/為	四/筮法/52/為

四/筮法/52/為	四/筮法/53/為	四/筮法/53/為	四/筮法/53/為	四/筮法/53/為
四/筮法/54/為	四/筮法/54/為	四/筮法/54/為	四/筮法/54/為	四/筮法/54/為
四/筮法/54/為	四/筮法/54/為	四/筮法/55/為	四/筮法/55/為	四/筮法/56/為
四/筮法/56/為	四/筮法/56/為	四/筮法/56/為	四/筮法/56/為	四/筮法/57/為
四/筮法/57/為	四/筮法/57/為	四/筮法/57/為	四/筮法/57/為	四/筮法/58/為
四/筮法/58/為	四/筮法/58/為	四/筮法/58/為	四/筮法/58/為	四/筮法/59/為
四/筮法/59/為	四/筮法/59/為	四/筮法/59/為	五/厚父/2/為	五/湯丘/1 為
五/湯丘/8/為	五/湯丘/9/為	五/湯丘/9/為	五/湯丘/16/為	五/湯丘/17/為

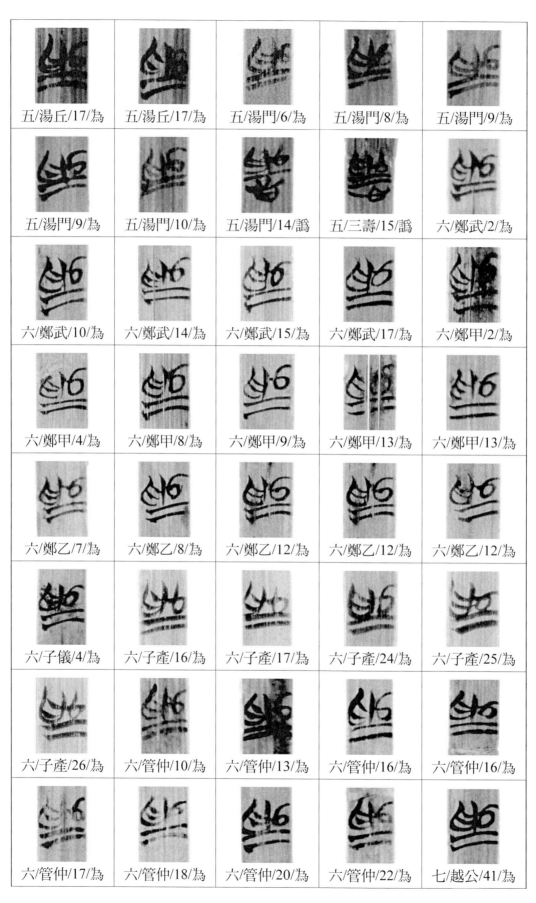

五/湯丘/17/為	五/湯丘/17/為	五/湯門/6/為	五/湯門/8/為	五/湯門/9/為
五/湯門/9/為	五/湯門/10/為	五/湯門/14/譌	五/三壽/15/譌	六/鄭武/2/為
六/鄭武/10/為	六/鄭武/14/為	六/鄭武/15/為	六/鄭武/17/為	六/鄭甲/2/為
六/鄭甲/4/為	六/鄭甲/8/為	六/鄭甲/9/為	六/鄭甲/13/為	六/鄭甲/13/為
六/鄭乙/7/為	六/鄭乙/8/為	六/鄭乙/12/為	六/鄭乙/12/為	六/鄭乙/12/為
六/子儀/4/為	六/子產/16/為	六/子產/17/為	六/子產/24/為	六/子產/25/為
六/子產/26/為	六/管仲/10/為	六/管仲/13/為	六/管仲/16/為	六/管仲/16/為
六/管仲/17/為	六/管仲/18/為	六/管仲/20/為	六/管仲/22/為	七/越公/41/為

六/管仲/23/為	六/管仲/25/譌	六/管仲/27/為	六/管仲/27/為	六/管仲/28/為
六/管仲/29/為	六/管仲/30/為	六/管仲/30/為	六/管仲/30/為	七/晉文/3/為
七/晉文/5/為	七/晉文/5/為	七/晉文/5/為	七/晉文/5/為	七/晉文/6/為
七/晉文/6/為	七/晉文/7/為	七/晉文/6/為	七/晉文/6/為	七/晉文/6/為
七/趙簡/2/為	七/越公/5/為	七/子犯/12/為	七/子犯/12/為	七/子犯/12/為
七/越公/17/為	七/越公/20/為	七/越公/24/為	七/越公/38/為	七/越公/63/為
七/越公/64/為	七/越公/66/為	六/鄭甲/11/啟	六/鄭乙/9/啟	六/子儀/5/譌

　　《說文‧卷九‧象部》：「象，長鼻牙，南越大獸，三季一乳，象耳牙四足之形。凡象之屬皆从象。」甲骨文中象寫作：象（《合集》4611），象（《合集》13625）。金文形體寫作：象（《師湯父鼎》）。象字為象形字，象大象長鼻與牙齒形。

225 能

偏　旁				
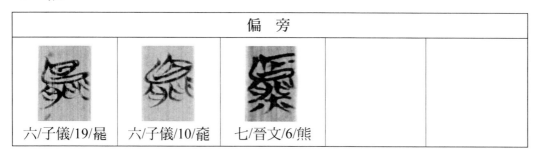				
六/子儀/19/羆	六/子儀/10/寵	七/晉文/6/熊		

　　《說文・卷十・能部》:「，熊屬。足似鹿。从肉㠯聲。能獸堅中，故稱賢能；而彊壯，稱能傑也。凡能之屬皆从能。」甲骨文形體寫作：（《合集19703》），（《合集》307 正甲）。金文形體寫作：（《能缶尊》），（《毛公鼎》），（《求盤》）。「能」字當為象形字，可能是某種類似熊的動物。〔註246〕

226 希

偏　旁				
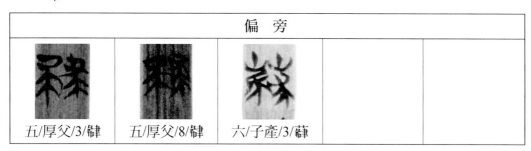				
五/厚父/3/肆	五/厚父/8/肆	六/子產/3/韓		

　　《說文・卷九・希部》:「，脩豪獸。一曰河內名豕也。从彑，下象毛足。凡希之屬皆从希。讀若弟。，籀文。，古文。」甲骨文形體寫作：（《合集》20256），（《合集》13521）。金文形體寫作：（《作希商簋》），（《繭簋》）。黃天樹提出:「希」字可能與「豕」同源，而後逐步分化成為兩個字。〔註247〕

227 番

偏　旁				
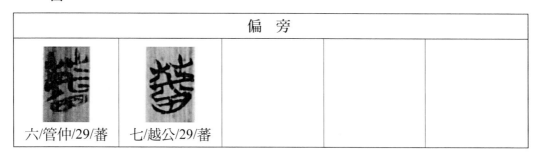				
六/管仲/29/蕃	七/越公/29/蕃			

〔註246〕季師旭昇：《說文新證》，頁 752。
〔註247〕黃天樹：《說文解字通論》，頁 126。

《說文・卷二・采部》:「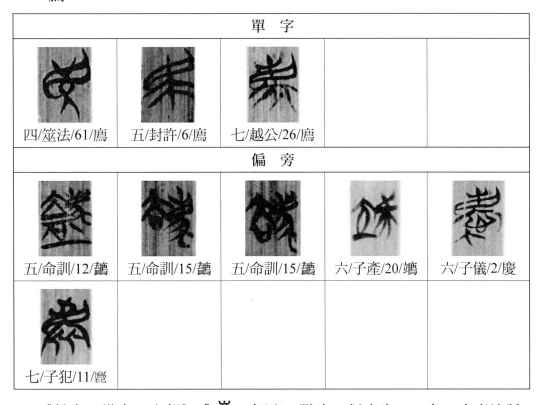，獸足謂之番。从采；田，象其掌。，番或从足从煩。，古文番。」金文形體寫作：（《番匊生簋》），（《丹弔番盂》）。「番」字上部的「采」形為象獸爪，下部的「田」形表示獸掌，亦表聲。
〔註248〕

228　廌

單　字				
四/筮法/61/廌	五/封許/6/廌	七/越公/26/廌		
偏　旁				
五/命訓/12/鱹	五/命訓/15/鱹	五/命訓/15/鱹	六/子產/20/觿	六/子儀/2/慶
七/子犯/11/𪊴				

《說文・卷十・廌部》:「，解廌，獸也，似山牛，一角。古者決訟，令觸不直。象形，从豸省。凡廌之屬皆从廌。」甲骨文形體寫作：（《合集》28421），（《合集》5658反）。金文形體寫作：（《亞廌父丁觚》），（《鄭登伯鬲》）。「廌」當為象形字，象某種動物之形。這總動物應當是山牛之類的動物。

〔註248〕劉釗：《古文字構形學》，頁84。

三十二、禽　類

229　隹

單　字				
五/厚父/2/隹	五/厚父/3/隹	五/厚父/4/隹	五/厚父/4/隹	五/厚父/5/隹
五/厚父/7/隹	五/厚父/7/隹	五/厚父/9/隹	五/厚父/10/隹	五/厚父/10/隹
五/厚父/10/隹	五/厚父/11/隹	五/厚父/11/隹	五/厚父/12/隹	五/厚父/13/隹
五/厚父/13/隹	五/厚父/13/隹	五/厚父/13/隹	五/厚父/13/隹	五/封許/2/隹
五/封許/3/隹	五/封許/5/隹	五/封許/8/隹	五/湯丘/11/隹	五/湯門/21/隹
五/湯門/20/隹	五/三壽/27/隹	六/管仲/8/隹	七/越公/43/隹	七/越公/44/隹
七/越公/48/隹	七/越公/51/隹			

偏　旁				
六/鄭武/15/隻	六/鄭甲/6/隻	六/鄭甲/10/隻	六/鄭乙/5/隻	六/鄭乙/9/隻
五/湯丘/10/唯	五/湯丘/11/唯	五/湯門/11/唯	五/湯門/14/唯	五/湯門/18/唯
五/湯門/20/唯	五/湯門/21/唯	五/三壽/28/唯	六/子儀/13/唯	六/管仲/26/唯
六/管仲/29/唯	七/越公/3/唯	七/越公/12/唯	七/越公/65/鳴	七/越公/74/唯
四/筮法/39/蜡	四/筮法/39/集	六/子產/28/蜼	五/三壽/19/進	六/鄭武/1/進
六/子產/4/進	六/子產/10/進	七/趙簡/1/進	七/晉文/5/進	七/越公/60/進
四/筮法/37/羅	四/筮法/37/羅	四/筮法/38/羅	四/筮法/38/羅	四/筮法/48/羅
四/筮法/48/羅	四/筮法/55/羅	四/筮法/56/羅	四/筮法/59/羅	五/封許/6/羅

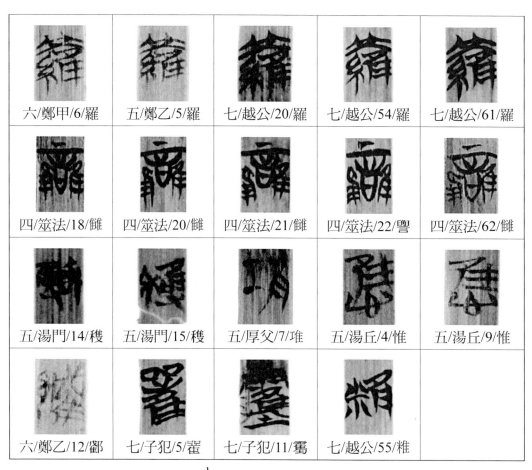

 六/鄭甲/6/羅	 五/鄭乙/5/羅	 七/越公/20/羅	 七/越公/54/羅	 七/越公/61/羅
 四/筮法/18/雠	 四/筮法/20/雠	 四/筮法/21/雠	 四/筮法/22/讐	 四/筮法/62/雠
 五/湯門/14/穫	 五/湯門/15/穫	 五/厚父/7/琟	 五/湯丘/4/惟	 五/湯丘/9/惟
 六/鄭乙/12/鄱	 七/子犯/5/翟	 七/子犯/11/靍	 七/越公/55/稚	

《說文·卷四·隹部》:「,鳥之短尾總名也。象形。凡隹之屬皆从隹。」甲骨文形體作:(《合集》5045),(《合集》5245)。金文形體作:(《麥方鼎》),(《克盉》)。「隹」字為象形字,象「鳥」之形體。季師補充到:「甲金文鳥類總名作『隹』,而一般釋為『鳥』字者,恐皆為鳥之轉名,而非『鳥』之總名。」〔註249〕

230 鳥

單 字				
 四/筮法/52/鳥	 六/子儀/8/鳥			

〔註249〕季師旭昇:《說文新證》,頁402。

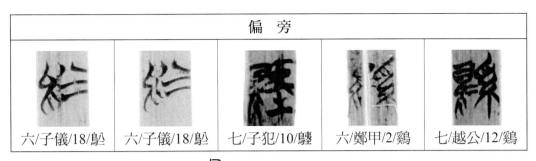

偏　旁				
六/子儀/18/鷙	六/子儀/18/鷙	七/子犯/10/鸞	六/鄭甲/2/鷄	七/越公/12/鷄

　　《說文・卷四・鳥部》:「⿰　，長尾禽總名也。象形。鳥之足似匕，从匕。凡鳥之屬皆从鳥。」甲骨文形體寫作:⿰（《合集》11498），⿰（《合集》17864），⿰（《合集》22441）。金文形體寫作:⿰（《亞鳥寧從父丁卣》），⿰（《鳥母鼎》），⿰（《子之弄鳥尊》）。羅振玉:「卜辭中隹與鳥不分，故隹字多作鳥形，許書隹部諸字，亦多云籀文從鳥，蓋隹鳥古本一字，筆畫有繁簡耳。」[註250]季師謂:「甲金文鳥類總明當作『隹』，而一般釋為『鳥』字者，恐皆為鳥之專名，而非鳥之總名。」[註251]

231　於

單　字				
四/篆法/13/於	四/篆法/14/於	四/篆法/31/於	四/篆法/33/於	四/篆法/39/於
四/篆法/61/於	四/篆法/61/於	五/三壽/1/於	五/三壽/1/於	五/三壽/5/於
五/三壽/5/於	五/三壽/5/於	五/三壽/7/於	五/三壽/7/於	五/三壽/7/於

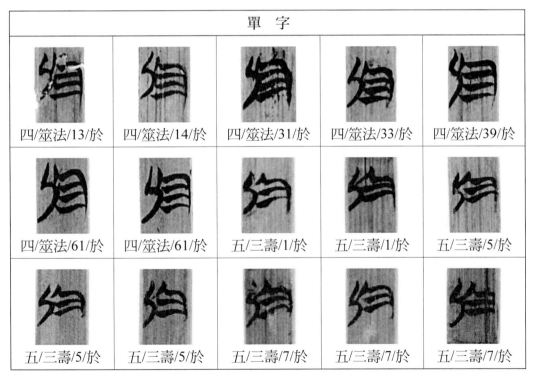

〔註250〕羅振玉:《增訂殷虛書契考釋（中）》，頁31。

〔註251〕季師旭昇:《說文新證》，頁284。

五/三壽/12/於	五/三壽/23/於	五/三壽/24/於	五/三壽/27/於	五/三壽/28/於
五/湯丘/13/於	五/湯丘/14/於	五/湯丘/16/於	五/湯丘/17/於	五/湯丘/18/於
五/湯門/1/於	五/湯門/1/於	五/湯門/2/於	五/湯門/5/於	五/湯門/6/唯
五/湯門/10/於	五/湯門/11/於	五/湯門/16/於	五/湯門/19/於	五/湯門/18/於
五/湯丘/5/於	五/湯丘/9/於	五/湯丘/9/於	五/湯丘/11/於	五/湯丘/12/於
五/命訓/14/於	五/命訓/10/於	五/命訓/10/於	五/湯丘/1/於	五/湯丘/1/於
五/命訓/8/於	五/命訓/10/於	五/命訓/11/於	五/命訓/11/於	五/封許/7/於
六/鄭武/3/於	六/鄭武/3/於	六/鄭武/3/於	六/鄭武/4/於	六/鄭武/4/於

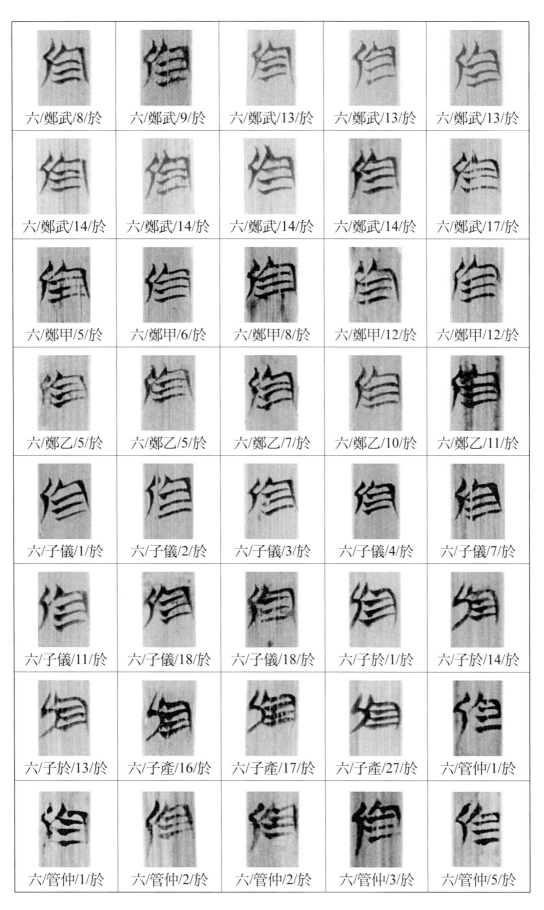

六/鄭武/8/於	六/鄭武/9/於	六/鄭武/13/於	六/鄭武/13/於	六/鄭武/13/於
六/鄭武/14/於	六/鄭武/14/於	六/鄭武/14/於	六/鄭武/14/於	六/鄭武/17/於
六/鄭甲/5/於	六/鄭甲/6/於	六/鄭甲/8/於	六/鄭甲/12/於	六/鄭甲/12/於
六/鄭乙/5/於	六/鄭乙/5/於	六/鄭乙/7/於	六/鄭乙/10/於	六/鄭乙/11/於
六/子儀/1/於	六/子儀/2/於	六/子儀/3/於	六/子儀/4/於	六/子儀/7/於
六/子儀/11/於	六/子儀/18/於	六/子儀/18/於	六/子於/1/於	六/子於/14/於
六/子於/13/於	六/子產/16/於	六/子產/17/於	六/子產/27/於	六/管仲/1/於
六/管仲/1/於	六/管仲/2/於	六/管仲/2/於	六/管仲/3/於	六/管仲/5/於

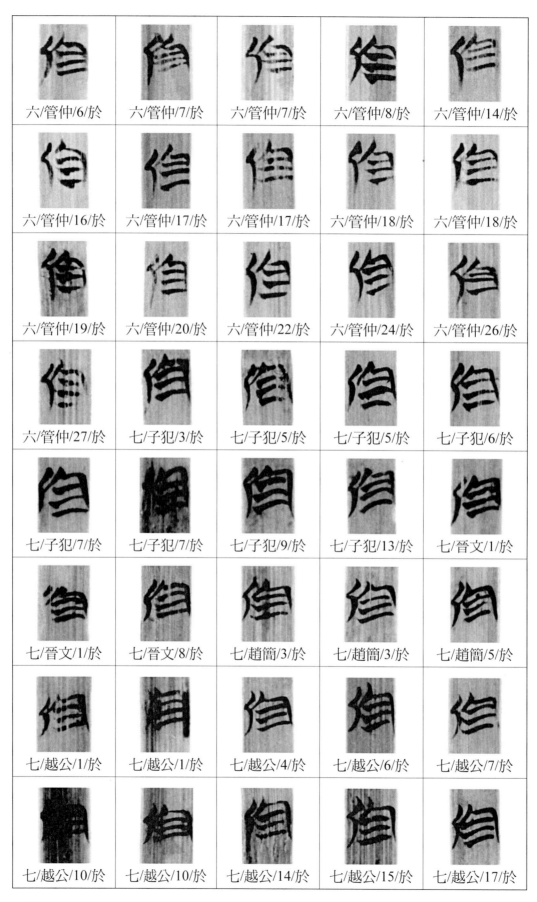

六/管仲/6/於	六/管仲/7/於	六/管仲/7/於	六/管仲/8/於	六/管仲/14/於
六/管仲/16/於	六/管仲/17/於	六/管仲/17/於	六/管仲/18/於	六/管仲/18/於
六/管仲/19/於	六/管仲/20/於	六/管仲/22/於	六/管仲/24/於	六/管仲/26/於
六/管仲/27/於	七/子犯/3/於	七/子犯/5/於	七/子犯/5/於	七/子犯/6/於
七/子犯/7/於	七/子犯/7/於	七/子犯/9/於	七/子犯/13/於	七/晉文/1/於
七/晉文/1/於	七/晉文/8/於	七/趙簡/3/於	七/趙簡/3/於	七/趙簡/5/於
七/越公/1/於	七/越公/1/於	七/越公/4/於	七/越公/6/於	七/越公/7/於
七/越公/10/於	七/越公/10/於	七/越公/14/於	七/越公/15/於	七/越公/17/於

 七/越公/17/於	 七/越公/20/於	 七/越公/21/於	 七/越公/22/於	 七/越公/22/於
 七/越公/22/於	 七/越公/24/於	 七/越公/41/於	 七/越公/61/於	 七/越公/63/於
 七/越公/63/於	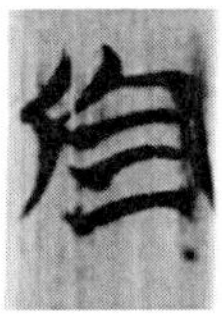 七/越公/64/於	 七/越公/68/於	 七/越公/69/於	 七/越公/70/於
 七/越公/72/於	 七/越公/73/於			
偏　旁				
 六/鄭甲/7/鄔				
存疑				
 五/厚父/9/於				

《說文・卷四・烏部》:「，孝烏也。象形。孔子曰:『烏，盱呼也。』取其助气，故以為烏呼。凡烏之屬皆从烏。古文烏，象形。象古文烏省。」「烏」字見於金文:(《沈子也(問一下)簋》)，(《毛公𢉩鼎》)，(《弔趯父卣》)。季師釋形作:「孫詒讓《名原》以為「上象開口盱呼形」，可從。烏鴉的特徵是仰天張口呼鴉鴉，因此古人以此為象。段玉裁以為烏鴉

全身黑，眼睛也黑，看不到眼睛，所以字從鳥省眼形。段說是錯的，『毛公厝鼎』的『鳥』字很明顯地有眼睛。『於』是由『鳥』分化出來的字，先秦二字無別。」〔註252〕

232 隼

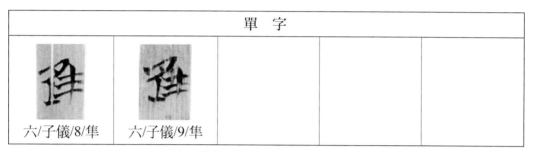

單 字				
六/子儀/8/隼	六/子儀/9/隼			

《說文‧卷四‧鳥部》：「雗，祝鳩也。从鳥隹聲。隼，雗或从隹、一。一曰鶉字。」甲骨文未見「隼」字形體。鄂君啟舟節形體寫作：隼。何琳儀謂：「從隹，下加圓點或短橫為分化符號。」〔註253〕

233 膺

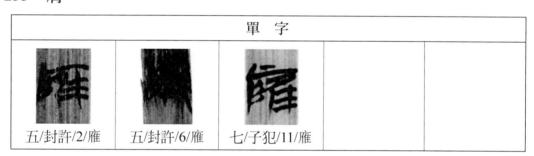

單 字				
五/封許/2/雁	五/封許/6/雁	七/子犯/11/雁		

《說文‧卷四‧肉部》：「臃，胷也。从肉瘫聲。臃，籀文雁从鳥。」《說文‧卷四‧隹部》：「雁，鳥也。从隹，瘫省聲。或从人，人亦聲。臃，籀文雁从鳥。」甲骨文作（後2.6.2）、（後2.6.2）。金文作（應公簋）、（應公觶）、（應弔鼎）。劉釗謂甲骨「應釋為『雁』字，即『膺』字初文。字是在鳥形胸部用一指事符號表示『胸』這一概念。」〔註254〕

〔註252〕季師旭昇：《說文新證》，頁400。
〔註253〕何琳儀：《戰國古文字典》，頁1207～1208。
〔註254〕劉釗：《古文字構形學》，頁82。

234　萑

單　字				
五/封許/2/萑	五/封許/7/萑			
偏　旁				
五/命訓/12/蔒	六/子儀/2/舊	六/子儀/2/舊	六/鄭武/13/舊	六/子產/12/舊
七/子犯/9/舊	七/晉文/1/舊	七/晉文/2/舊	七/晉文/3/舊	七/晉文/4/舊
七/晉文/6/舊	四/別卦/8/觀	五/三壽/1/觀	六/子儀/18/觀	七/子犯/10/觀
七/越公/8/觀	五/三壽/21/懽	五/命訓/4/蔒	七/越公/48/蔒	四/筮法/53/權
六/子儀/3/權	五/命訓/4/蔒	七/越公/35/舊	六/鄭甲/8/蕭	六/鄭乙/7/蕭
五/三壽/15/懽	五/三壽/15/懽	七/越公/30/舊	七/越公/31/勸	

　　《說文・卷四・萑部》:「雈，鴟屬。从隹从艸，有毛角。所鳴，其民有旤。凡萑之屬皆从萑。讀若和。」甲骨文字形作：（《合集》9598），（《合集》9607）。金文未見獨體字，可以參考下面從「萑」之「雚」字的金文形體。《說文・卷九・雚部》:「雚，小爵也。从萑吅聲。《詩》曰：『雚鳴于垤。』」甲骨文形體寫作：（《合集》32137），（《合集》27115）。金文形體寫作：（《雚母觶》），（《效卣》）。「萑」字當為象形字，鴟屬，甲骨文「穫」字從「萑」。「雚」可能是一種水鳥，從「萑」累增「吅」聲。〔註255〕

235　彝

單　字				
 五/厚父/6/彝				

　　《說文・卷十三・系部》:「彝，宗廟常器也。从糸；糸，綦也。廾持米，器中寶也。互聲。此與爵相似。《周禮》:『六彝：雞彝、鳥彝、黃彝、虎彝、蟲彝、斝彝。以待祼將之禮。』、皆古文彝。」甲骨文形體寫作：（《合集》14294），（《合集》15925）。金文形體寫作：（《大丂簋》），（《作父乙鼎》）。「彝」字本義當為宗廟奉牲之祭。引申為祭器、夷殺、常法等。

〔註255〕季師旭昇：《說文新證》，頁 293。

三十三、虫　類

236　虫

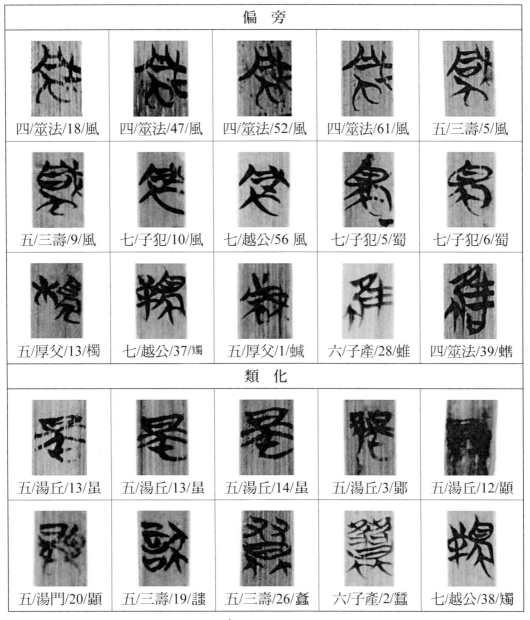

偏　旁				
四/筮法/18/風	四/筮法/47/風	四/筮法/52/風	四/筮法/61/風	五/三壽/5/風
五/三壽/9/風	七/子犯/10/風	七/越公/56/風	七/子犯/5/蜀	七/子犯/6/蜀
五/厚父/13/欘	七/越公/37/燭	五/厚父/1/蟘	六/子產/28/蜼	四/筮法/39/蟜
類　化				
五/湯丘/13/量	五/湯丘/13/量	五/湯丘/14/量	五/湯丘/3/鄙	五/湯丘/12/顯
五/湯門/20/顯	五/三壽/19/謹	五/三壽/26/蠱	六/子產/2/蠶	七/越公/38/燭

《說文·卷十三·虫部》:「🐛，一名蝮，博三寸，首大如擘指。象其臥形。物之微細，或行，或毛，或蠃，或介，或鱗，以虫為象。凡虫之屬皆从虫。」甲骨文形體寫作：🐛（《合集》22296），🐛（《合集》27703），🐛（《合集》14403）。金文形體寫作：🐛（《習作旅鼎》），🐛（《魚匕》）。季師:「甲骨文象蝮蛇之形。舊或以為『虫』、『它』同字，裘錫圭指出甲骨文『它』字

身體的部分比較粗，與『虫』字毫不相混。」〔註 256〕

237　它

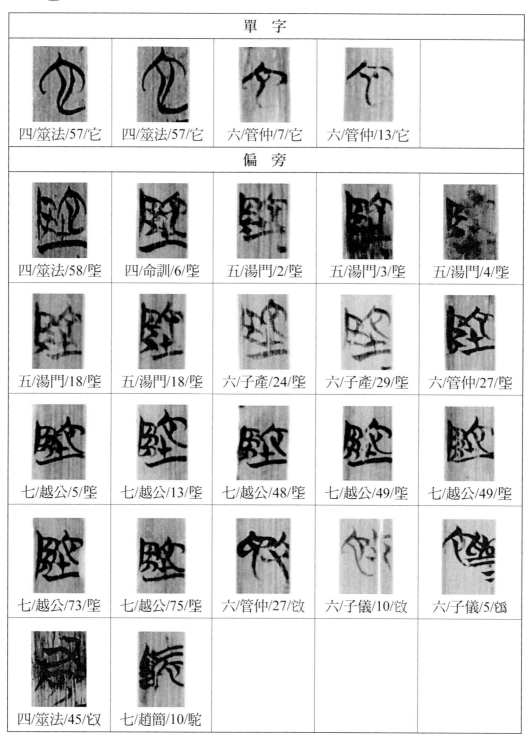

單字				
 四/筮法/57/它	 四/筮法/57/它	 六/管仲/7/它	 六/管仲/13/它	
偏旁				
 四/筮法/58/墬	 四/命訓/6/墬	 五/湯門/2/墬	 五/湯門/3/墬	 五/湯門/4/墬
 五/湯門/18/墬	 五/湯門/18/墬	 六/子產/24/墬	 六/子產/29/墬	 六/管仲/27/墬
 七/越公/5/墬	 七/越公/13/墬	 七/越公/48/墬	 七/越公/49/墬	 七/越公/49/墬
 七/越公/73/墬	 七/越公/75/墬	 六/管仲/27/攺	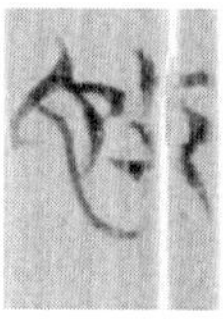 六/子儀/10/攺	 六/子儀/5/䧢
 四/筮法/45/叓	 七/趙簡/10/駝			

《說文·卷十三·它部》:「，虫也。从虫而長，象冤曲垂尾形。上古艸

〔註 256〕裘錫圭：〈釋𧊒〉《裘錫圭文集（卷一）》，頁 207。

居患它，故相問無它乎。凡它之屬皆从它。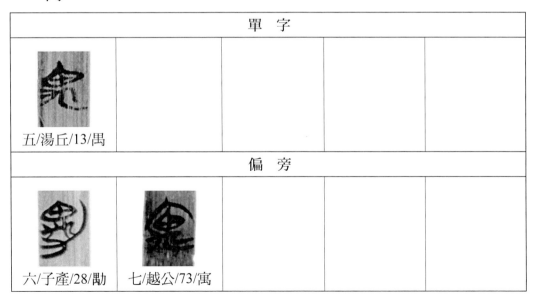，它或从虫。」甲骨文「它」字形體寫作：〔圖〕（《合集》4813），〔圖〕（《合集》14353），〔圖〕（《合集》10063）。金文形體寫作：〔圖〕（《沈子它簋蓋》），〔圖〕（《蔡侯匜》），〔圖〕（《伯吉父匜》）。初文為象形，象蛇形。〔註257〕

238　禹

單　字			
〔圖〕 五/厚父/1/禹			

　　《說文·卷十四·厹部》：「〔圖〕，蟲也。从厹，象形。〔圖〕古文禹。」甲骨文尚未見到禹字的獨體字，金文形體寫作：〔圖〕（《且辛禹方鼎》）、〔圖〕（《禹鼎》）。裘錫圭先生釋形作：「禹」字當是從「虫」加飾筆演變而來。〔註258〕季師補充到：「甲骨文『虫』、『禹』同字，不必有聲音關係，其後『禹』字迭加繁筆，與『虫』遂分為二形。東周或加『土』，為無義偏旁。」〔註259〕

239　禺

單　字			
〔圖〕 五/湯丘/13/禺			
偏　旁			
〔圖〕 六/子產/28/勘	〔圖〕 七/越公/73/寓		

〔註257〕季師旭昇：《說文新證》，頁 899。
〔註258〕裘錫圭：《裘錫圭學術文集（卷一）》，頁 209。
〔註259〕季師旭昇：《說文新證》，頁 955～956。

《說文·卷九·由部》:「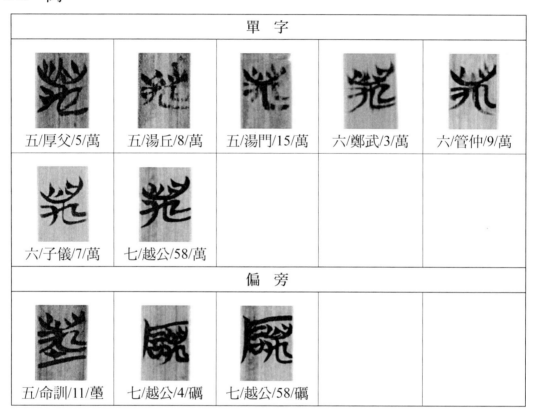，母猴屬。頭似鬼。从由从内。」甲骨文未見「禺」字，金文形態寫作：（《趙孟壺》），（《史頌簋》），（《寓鼎》「寓」偏旁）。駱珍伊提出，「禺」字可能與「虫」、「禹」等字關係密切，或與二字同源，或為兩字分化。〔註260〕

240 萬

單 字				
五/厚父/5/萬	五/湯丘/8/萬	五/湯門/15/萬	六/鄭武/3/萬	六/管仲/9/萬
六/子儀/7/萬	七/越公/58/萬			
偏 旁				
五/命訓/11/蠆	七/越公/4/礪	七/越公/58/礪		

《說文·卷十四·厹部》:「萬，蟲也。从厹，象形。」甲骨文形體寫作：（《合集》21239），（《合集》18397）。金文形體寫作：（《辛鼎》），（《召卣》），（《伯吉父簋》）。「萬」字當為象形字，或象蠍形。假藉為數名。〔註261〕

〔註260〕駱珍伊:《〈上海博物館藏戰國楚竹書(七)～(九)〉與〈清華大學藏戰國竹書(一)～(三)〉字根研究》，頁413。
〔註261〕季師旭昇:《說文新證》，頁955。

241　求

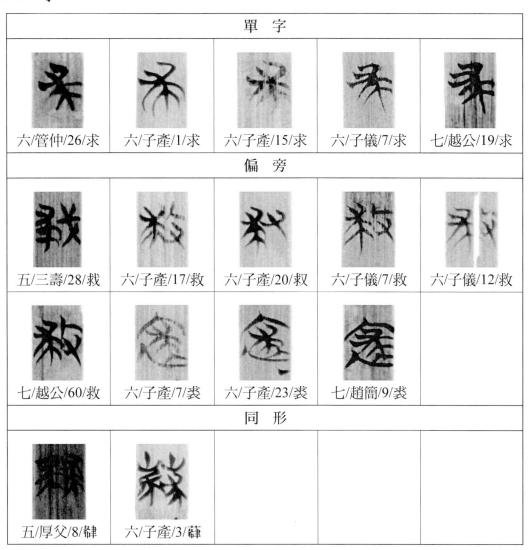

單　字				
六/管仲/26/求	六/子產/1/求	六/子產/15/求	六/子儀/7/求	七/越公/19/求
偏　旁				
五/三壽/28/㦰	六/子產/17/救	六/子產/20/叔	六/子儀/7/救	六/子儀/12/救
七/越公/60/救	六/子產/7/裘	六/子產/23/裘	七/趙簡/9/裘	
同　形				
五/厚父/8/肆	六/子產/3/薜			

　　《說文》中並無「求」字獨體小篆，「求」字形體作為古文字形，收錄在「裘」字條下。《說文・卷八・衣部》:「{裘}，皮衣也。从衣求聲。一曰象形，與衰同意。凡裘之屬皆从裘。{求}，古文省衣。」《說文・卷十三・蚰部》:「{蟲}，多足蟲也。从蚰求聲。{蟲}蟲或从虫。」甲骨文形體寫作:{求}（《甲編》3061），{求}（《菁》1.1）。金文形體寫作:{求}（《君夫簋》），{求}（《曶簋》）。裘錫圭指出:「『求』大概是『蟲』的初文，求索是它的假藉義。」[註262]

〔註262〕裘錫圭:〈釋「求」〉《裘錫圭學術文集（卷一）》，頁276。

242 冐

單　字				
六/管仲/20/冐				
偏　旁				
五/三壽/21/惆	五/三壽/26/惆	七/越公/16/惆	七/越公/23/惆	七/越公/27/惆
七/越公/62/惆	七/越公/62/惆			

　　《說文・卷四・肉部》：「　，小蟲也。从肉口聲。一曰空也。」劉釗釋形作：「《說文》對『冐』字的說解令人生疑，其實冐也是一個省形分化字，其來源的母字就是『肙』」〔註263〕金文中的「肙」字寫作：　（《商且簋》），　（《沈子它簋》）。按劉說，這兩則字例左部所從即為「冐」字初文。

〔註263〕劉釗：《古文字構形學》，頁119。

三十四、魚　類

243　魚

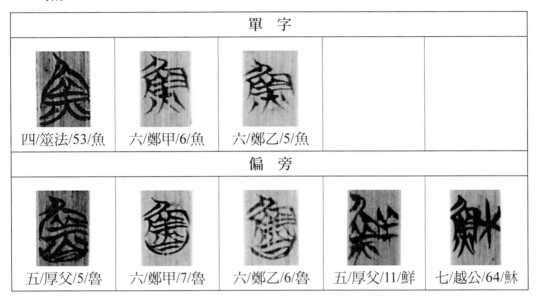

單　字				
四/筮法/53/魚	六/鄭甲/6/魚	六/鄭乙/5/魚		
偏　旁				
五/厚父/5/魯	六/鄭甲/7/魯	六/鄭乙/6/魯	五/厚父/11/鮮	七/越公/64/穌

　　《說文・卷十一・魚部》：「㲋，水蟲也。象形。魚尾與燕尾相似。凡魚之屬皆从魚。」甲骨文形體寫作：㲋（《合集》24911），㲋（《合集》26842）。金文寫作：㲋（《毛公鼎》），㲋（《伯魚父壺》）。「魚」字為象形字，象魚之形。

244　龍

單　字				
五/封許/7/龍	六/管仲/26/龍	七/晉文/5/龍	七/晉文/5/龍	七/晉文/6/龍
七/晉文/6/龍				

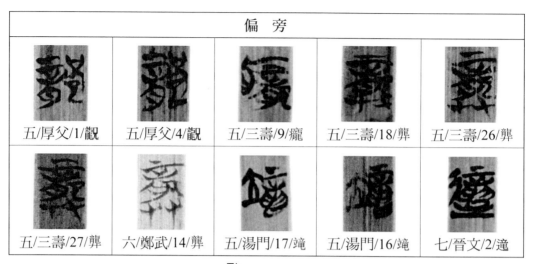

偏　旁				
五/厚父/1/觀	五/厚父/4/觀	五/三壽/9/瓏	五/三壽/18/龏	五/三壽/26/龏
五/三壽/27/龏	六/鄭武/14/龏	五/湯門/17/滝	五/湯門/16/滝	七/晉文/2/達

《說文·卷十一·龍部》:「🐉,鱗蟲之長。能幽,能明,能細,能巨,能短,能長;春分而登天,秋分而潛淵。从肉,飛之形,童省聲。凡龍之屬皆从龍。」甲骨文形體作:🐲(《合集》29990),🐲(《合集》6634)。金文形體作:🐉(《作龍母尊》),🐉(《昶仲無龍匜》)。「龍」字應當為象形字,但其所象動物的本體難以得到確證。故季師釋形作:「象頭上有冠,巨口長身之動物。」〔註264〕

245　貝

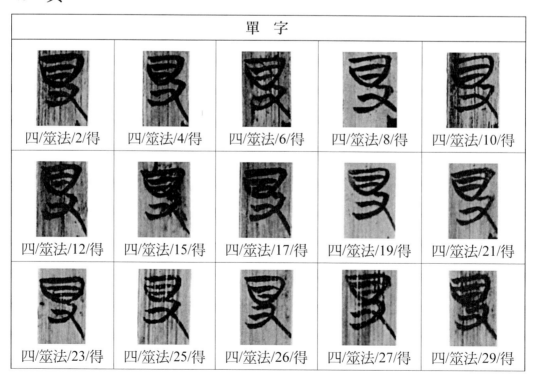

單　字				
四/筮法/2/得	四/筮法/4/得	四/筮法/6/得	四/筮法/8/得	四/筮法/10/得
四/筮法/12/得	四/筮法/15/得	四/筮法/17/得	四/筮法/19/得	四/筮法/21/得
四/筮法/23/得	四/筮法/25/得	四/筮法/26/得	四/筮法/27/得	四/筮法/29/得

〔註264〕季師旭昇:《說文新證》,頁425。

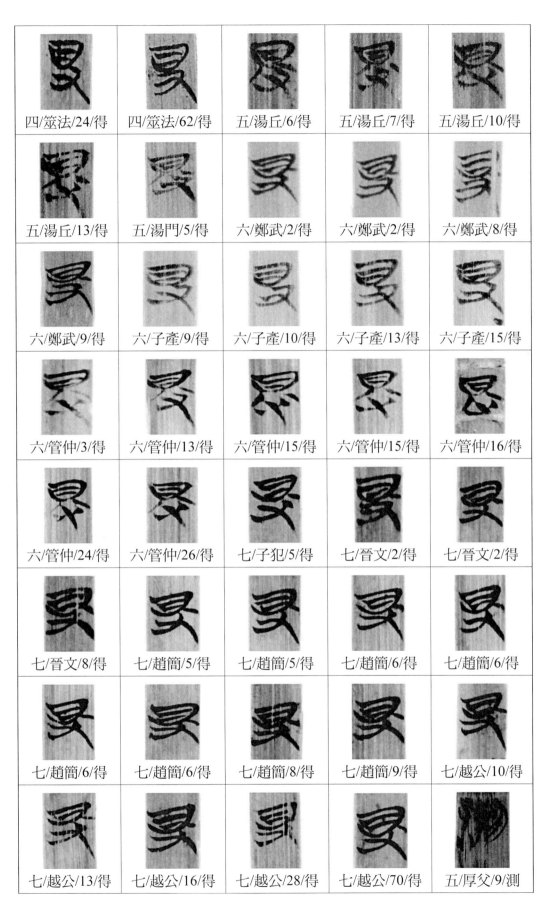

四/筮法/24/得	四/筮法/62/得	五/湯丘/6/得	五/湯丘/7/得	五/湯丘/10/得
五/湯丘/13/得	五/湯門/5/得	六/鄭武/2/得	六/鄭武/2/得	六/鄭武/8/得
六/鄭武/9/得	六/子產/9/得	六/子產/10/得	六/子產/13/得	六/子產/15/得
六/管仲/3/得	六/管仲/13/得	六/管仲/15/得	六/管仲/15/得	六/管仲/16/得
六/管仲/24/得	六/管仲/26/得	七/子犯/5/得	七/晉文/2/得	七/晉文/2/得
七/晉文/8/得	七/趙簡/5/得	七/趙簡/5/得	七/趙簡/6/得	七/趙簡/6/得
七/趙簡/6/得	七/趙簡/6/得	七/趙簡/8/得	七/趙簡/9/得	七/越公/10/得
七/越公/13/得	七/越公/16/得	七/越公/28/得	七/越公/70/得	五/厚父/9/測

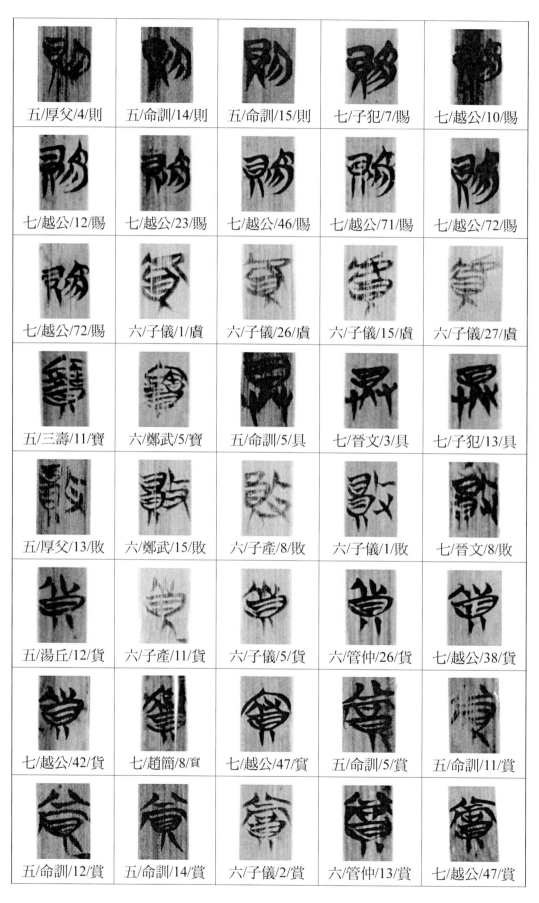

五/厚父/4/則	五/命訓/14/則	五/命訓/15/則	七/子犯/7/賜	七/越公/10/賜
七/越公/12/賜	七/越公/23/賜	七/越公/46/賜	七/越公/71/賜	七/越公/72/賜
七/越公/72/賜	六/子儀/1/虞	六/子儀/26/虞	六/子儀/15/虞	六/子儀/27/虞
五/三壽/11/寶	六/鄭武/5/寶	五/命訓/5/具	七/晉文/3/具	七/子犯/13/具
五/厚父/13/敗	六/鄭武/15/敗	六/子產/8/敗	六/子儀/1/敗	七/晉文/8/敗
五/湯丘/12/貨	六/子產/11/貨	六/子儀/5/貨	六/管仲/26/貨	七/越公/38/貨
七/越公/42/貨	七/趙簡/8/寶	七/越公/47/寶	五/命訓/5/賞	五/命訓/11/賞
五/命訓/12/賞	五/命訓/14/賞	六/子儀/2/賞	六/管仲/13/賞	七/越公/47/賞

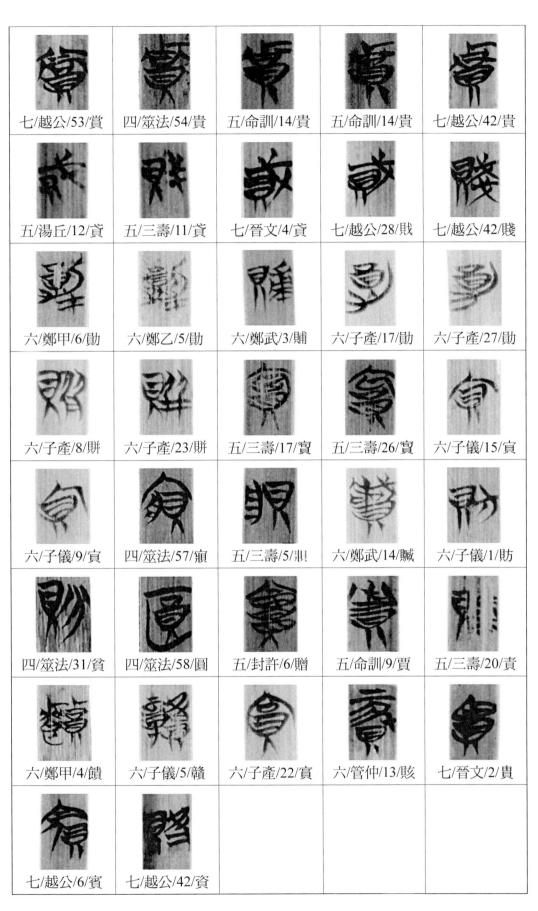

七/越公/53/賞	四/筮法/54/貴	五/命訓/14/貴	五/命訓/14/貴	七/越公/42/貴
五/湯丘/12/貧	五/三壽/11/貧	七/晉文/4/貧	七/越公/28/賊	七/越公/42/賤
六/鄭甲/6/勛	六/鄭乙/5/勛	六/鄭武/3/賻	六/子產/17/勛	六/子產/27/勛
六/子產/8/駢	六/子產/23/駢	五/三壽/17/寳	五/三壽/26/寳	六/子儀/15/寅
六/子儀/9/寅	四/筮法/57/寪	五/三壽/5/䫋	六/鄭武/14/賕	六/子儀/1/貼
四/筮法/31/貧	四/筮法/58/圓	五/封許/6/贈	五/命訓/9/賈	五/三壽/20/責
六/鄭甲/4/饋	六/子儀/5/贛	六/子產/22/賓	六/管仲/13/賅	七/晉文/2/貴
七/越公/6/賓	七/越公/42/資			

合　文			
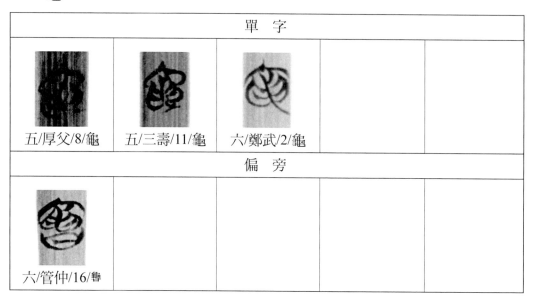 四/別卦/4/大臧			

《說文卷六・貝部》:「 ![貝] ，海介蟲也。居陸名猋，在水名蛹。象形。古者貨貝而寶龜，周而有泉，至秦廢貝行錢。凡貝之屬皆从貝。」甲骨文形體， ![甲骨貝] （《合集》11425）， ![甲骨貝2] （《合集》19895）。金文形體 ![金文貝] （《宰父卣》）， ![金文貝2] （《德鼎》）。「貝」字是象形字，象貝殼之形體。

246　龜

單　字				
![龜1] 五/厚父/8/龜	![龜2] 五/三壽/11/龜	![龜3] 六/鄭武/2/龜		
偏　旁				
![龜偏旁] 六/管仲/16/鼂				

《說文・卷十三・龜部》:「 ![龜] ，舊也。外骨內肉者也。从它，龜頭與它頭同。天地之性，廣肩無雄；龜鼈之類，以它為雄。象足甲尾之形。凡龜之屬皆从龜。 ![古文龜] 古文龜。」甲骨文： ![甲骨龜1] （《華東》449）， ![甲骨龜2] （《合集》17666）， ![甲骨龜3] （《合集》33329）。金文寫作： ![金文龜1] （《龜爵》）， ![金文龜2] （《弔龜匜》）。羅振玉：「象昂首甲短尾之形。」〔註265〕于省吾：「龜形短足而有尾，黿形無尾，其後兩足既伸於前，復折於後。」〔註266〕

〔註265〕羅振玉：《增訂殷虛書契考釋（中）》，頁33。
〔註266〕于省吾：〈釋黽、黿〉《古文字研究（第7輯）》，頁2～3。

247　黽

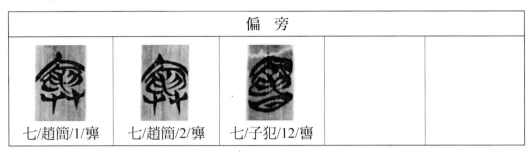

偏　旁			
七/趙簡/1/寏	七/趙簡/2/寏	七/子犯/12/黿	

《說文・卷十三・黽部》：「黽，鼀黽也。从它，象形。黽頭與它頭同。凡黽之屬皆从黽。𪓑，籀文黽。（莫杏切）」甲骨文作𪓑（《師友》2.118）、𪓑（《掇》2.409）。金文作𪓑（父辛卣）。商承祚謂「殆今之蛙也。」〔註 267〕于省吾謂「龜形短足而有尾，黽形無尾，其後兩足既伸於前，復折於後。然則黽字本象蛙形，了無可疑。」〔註 268〕季師謂「蛙類動物，蟾蜍在水者。」〔註 269〕

以往楚簡中的「黽」字寫作：𪓑（「繩」《上博九・陳公治兵》簡 20），「龜」字寫作：𪓑（《上博九・卜》簡 2）。二者區別在於「龜」字軀干上部多有一小撇筆，寫作：𪓑。但《清華七》中的三則字形，「黽」字均訛為「龜」形。

〔註 267〕商承祚：《殷虛文字類編（卷十三）》，頁 4。

〔註 268〕于省吾：〈釋黽、黿〉《古文字研究（第 7 輯）》，頁 2～3。

〔註 269〕季師旭昇：《說文新證》，頁 901。

三十五、皮　類

248　皮

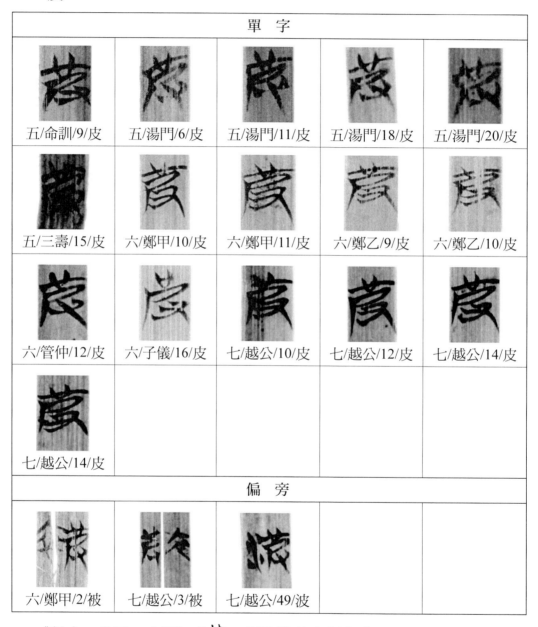

單　字				
五/命訓/9/皮	五/湯門/6/皮	五/湯門/11/皮	五/湯門/18/皮	五/湯門/20/皮
五/三壽/15/皮	六/鄭甲/10/皮	六/鄭甲/11/皮	六/鄭乙/9/皮	六/鄭乙/10/皮
六/管仲/12/皮	六/子儀/16/皮	七/越公/10/皮	七/越公/12/皮	七/越公/14/皮
七/越公/14/皮				
偏　旁				
六/鄭甲/2/被	七/越公/3/被	七/越公/49/波		

　　《說文・卷三・皮部》:「𰎚，剝取獸革者謂之皮。从又，為省聲。凡皮之屬皆从皮。𰎚，古文皮。𰎚，籀文皮。」甲骨文形體寫作：𫜯（《花東》550），𫜯（《花東》148）。金文形體寫作：𫜯（《九年衛鼎》），𫜯（《鑄弔皮父簋》）。「皮」為象形字，古文字中的「皮」可能為名詞，也可能是動詞。〔註270〕

〔註270〕季師旭昇：《說文新證》，頁237。

249　肉

單　字				
五/湯門/7/肉	七/趙簡/9/肉			
偏　旁				
四/篆法/44/胃	四/篆法/44/胃	四/篆法/47/胃	四/篆法/47/胃	四/篆法/55/胃
四/篆法/58/胃	四/篆法/58/胃	五/湯丘/6/胃	五/湯丘/14/胃	五/湯門/6/胃
五/湯門/11/胃	五/湯門/13/胃	五/湯門/14/胃	五/湯門/15/胃	五/湯門/15/胃
五/湯門/15/胃	五/湯門/16/胃	五/湯門/16/胃	五/湯門/17/胃	五/湯門/17/胃
五/湯門/17/胃	五/湯門/18/胃	五/湯門/20/胃	五/三壽/2/胃	五/三壽/2/胃
五/三壽/2/胃	五/三壽/2/胃	五/三壽/4/胃	五/三壽/4/胃	五/三壽/4/胃

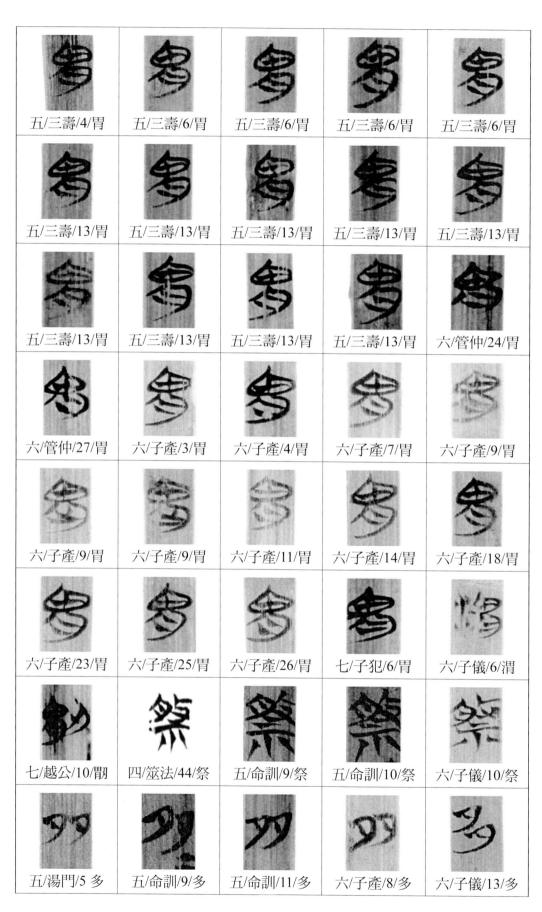

 五/三壽/4/胃	 五/三壽/6/胃	 五/三壽/6/胃	 五/三壽/6/胃	 五/三壽/6/胃
 五/三壽/13/胃	 五/三壽/13/胃	 五/三壽/13/胃	 五/三壽/13/胃	 五/三壽/13/胃
 五/三壽/13/胃	 五/三壽/13/胃	 五/三壽/13/胃	 五/三壽/13/胃	 六/管仲/24/胃
 六/管仲/27/胃	 六/子產/3/胃	 六/子產/4/胃	 六/子產/7/胃	 六/子產/9/胃
 六/子產/9/胃	 六/子產/9/胃	 六/子產/11/胃	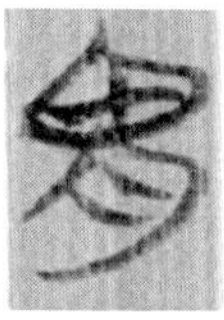 六/子產/14/胃	 六/子產/18/胃
 六/子產/23/胃	 六/子產/25/胃	 六/子產/26/胃	 七/子犯/6/胃	 六/子儀/6/渭
 七/越公/10/䎻	 四/筮法/44/祭	 五/命訓/9/祭	 五/命訓/10/祭	 六/子儀/10/祭
 五/湯門/5 多	 五/命訓/9/多	 五/命訓/11/多	 六/子產/8/多	 六/子儀/13/多

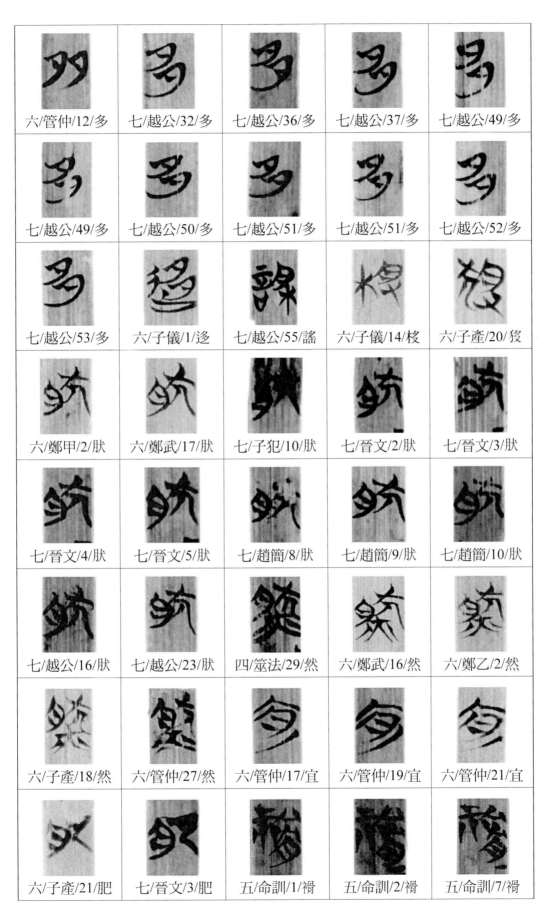

六/管仲/12/多	七/越公/32/多	七/越公/36/多	七/越公/37/多	七/越公/49/多
七/越公/49/多	七/越公/50/多	七/越公/51/多	七/越公/51/多	七/越公/52/多
七/越公/53/多	六/子儀/1/迻	七/越公/55/謠	六/子儀/14/栜	六/子產/20/狻
六/鄭甲/2/肰	六/鄭武/17/肰	七/子犯/10/肰	七/晉文/2/肰	七/晉文/3/肰
七/晉文/4/肰	七/晉文/5/肰	七/趙簡/8/肰	七/趙簡/9/肰	七/趙簡/10/肰
七/越公/16/肰	七/越公/23/肰	四/筮法/29/然	六/鄭武/16/然	六/鄭乙/2/然
六/子產/18/然	六/管仲/27/然	六/管仲/17/宜	六/管仲/19/宜	六/管仲/21/宜
六/子產/21/肥	七/晉文/3/肥	五/命訓/1/褐	五/命訓/2/褐	五/命訓/7/褐

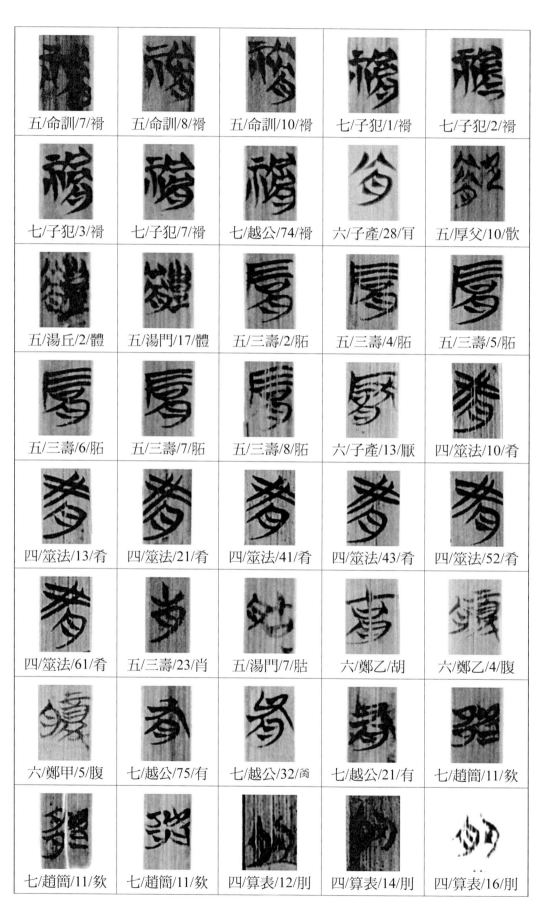

五/命訓/7/褐	五/命訓/8/褐	五/命訓/10/褐	七/子犯/1/褐	七/子犯/2/褐
七/子犯/3/褐	七/子犯/7/褐	七/越公/74/褐	六/子產/28/冐	五/厚父/10/歆
五/湯丘/2/體	五/湯門/17/體	五/三壽/2/肞	五/三壽/4/肞	五/三壽/5/肞
五/三壽/6/肞	五/三壽/7/肞	五/三壽/8/肞	六/子產/13/厭	四/筮法/10/肴
四/筮法/13/肴	四/筮法/21/肴	四/筮法/41/肴	四/筮法/43/肴	四/筮法/52/肴
四/筮法/61/肴	五/三壽/23/肖	五/湯門/7/肶	六/鄭乙/胡	六/鄭乙/4/腹
六/鄭甲/5/腹	七/越公/75/有	七/越公/32/肏	七/越公/21/有	七/趙簡/11/欻
七/趙簡/11/欻	七/趙簡/11/欻	四/算表/12/刐	四/算表/14/刐	四/算表/16/刐

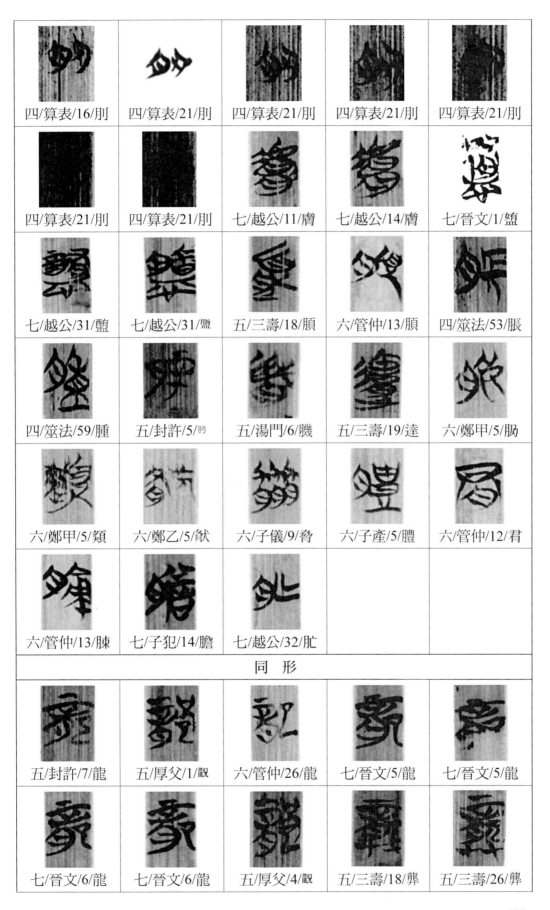

四/算表/16/刖	四/算表/21/刖	四/算表/21/刖	四/算表/21/刖	四/算表/21/刖
四/算表/21/刖	四/算表/21/刖	七/越公/11/膚	七/越公/14/膚	七/晉文/1/塩
七/越公/31/壐	七/越公/31/鹽	五/三壽/18/顅	六/管仲/13/顅	四/筮法/53/脹
四/筮法/59/腫	五/封許/5/睜	五/湯門/6/賸	五/三壽/19/達	六/鄭甲/5/胊
六/鄭甲/5/頹	六/鄭乙/5/猷	六/子儀/9/脅	六/子產/5/體	六/管仲/12/君
六/管仲/13/腖	七/子犯/14/膽	七/越公/32/肬		

同 形

五/封許/7/龍	五/厚父/1/觀	六/管仲/26/龍	七/晉文/5/龍	七/晉文/5/龍
七/晉文/6/龍	七/晉文/6/龍	五/厚父/4/觀	五/三壽/18/龏	五/三壽/26/龏

五/三壽/27/龔	六/鄭武/14/龔	五/三壽/9/龐		
訛 形				
四/算表/1/削				

《說文·卷四·肉部》：「⺼，䏌肉。象形。凡肉之屬皆从肉。」甲骨文：⺼（《合集》31224），⺼（《合集》31012）。金文：⺼（《令鼎》「有」字下「肉」），⺼（《召伯簋》「有」字下「肉」）。「肉」字為象形字，象大塊的獸肉：「甲骨文象大塊的獸肉。做偏旁時，肉和月字形很像，所以戰國文字往往在肉旁的右上方加一短撇，作為區別符號。」〔註271〕

250 丹

偏 旁				
六/子產/28/肙	五/厚父/10/歆	五/湯丘/2/體	五/湯門/17/體	五/命訓/1/褐
五/命訓/2/褐	五/命訓/7/褐	五/命訓/7/褐	五/命訓/8/褐	五/命訓/10/褐
七/子犯/1/褐	七/子犯/2/褐	七/子犯/3/褐	七/子犯/7/褐	七/越公/74/褐

〔註271〕季師旭昇：《說文新證》，頁 338。

《說文‧卷四‧冎部》：「冎，剔人肉置其骨也。象形。頭隆骨也。凡冎之屬皆从冎。」甲骨文形體寫作：乙（《萃》1306），卜（《掇》1.432）。金文形體寫作：ⱳ（《父□罍》）ⱳ（《過伯簋》，過字所從偏旁）。于省吾：「象骨架相支撐之形。其左右的小豎畫，象骨骼的轉折處突出形。」〔註272〕

251　革

單　字			
 七/越公/50/革			
偏　旁			
 六/鄭甲/5/鞏	 六/鄭乙/5/鞏	 七/趙簡/8/鞏	

《說文‧卷三‧革部》：「革，獸皮治去其毛，革更之。象古文革之形。凡革之屬皆从革。𩏪，古文革从三十。三十年為一世，而道更也。臼聲。」甲骨文形體寫作：𩏪（《花東》491），𩏪（《花東》474）。金文形體寫作：𩏪（《康鼎》）。「革」字為象形字：「『口』形往往象獸頭，中豎為瘦皮，兩旁為張開之皮革，象製革之形。」〔註273〕

252　角

偏　旁				
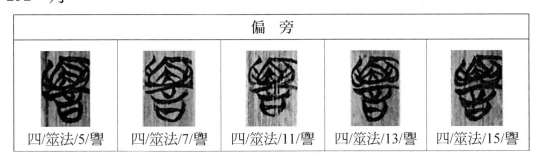				
四/筮法/5/觺	四/筮法/7/觺	四/筮法/11/觺	四/筮法/13/觺	四/筮法/15/觺

〔註272〕于省吾：《甲骨文字釋林》，頁368。
〔註273〕季師旭昇：《說文新證》，頁187。

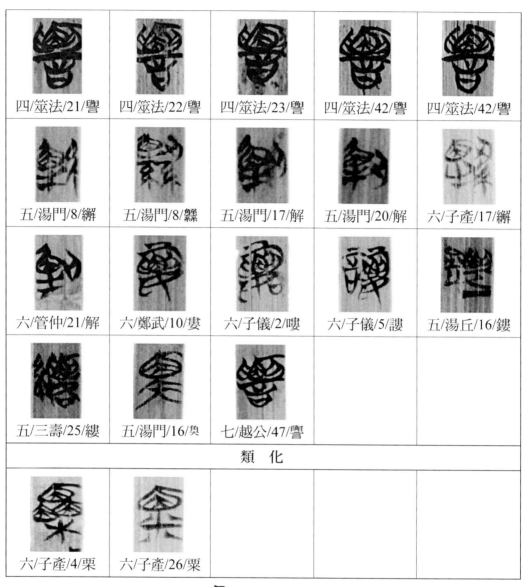

四/筮法/21/礜	四/筮法/22/礜	四/筮法/23/礜	四/筮法/42/礜	四/筮法/42/礜
五/湯門/8/繲	五/湯門/8/繺	五/湯門/17/解	五/湯門/20/解	六/子產/17/繲
六/管仲/21/解	六/鄭武/10/嫠	六/子儀/2/嘍	六/子儀/5/謱	五/湯丘/16/鏤
五/三壽/25/縷	五/湯門/16/奂	七/越公/47/礜		
類　化				
六/子產/4/栗	六/子產/26/粟			

《說文‧卷四‧角部》:「角，獸角也。象形，角與刀、魚相似。凡角之屬皆从角。」甲骨文形體寫作：角（《菁》1.1），角（《乙編》，3368）。金文形體寫作：角（《伯角父盉》），角（《叔角父簋》）。角為象形字，象獸角之形。

253　毛

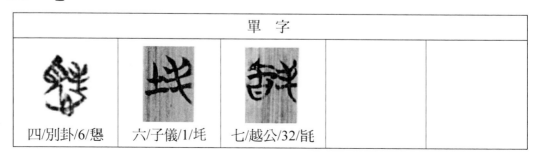

單　字				
四/別卦/6/懇	六/子儀/1/毡	七/越公/32/氓		

《說文・卷八・毛部》：「，眉髮之屬及獸毛也。象形。凡毛之屬皆从毛。」甲骨文未見獨體「毛」字，金文中「毛」字寫作：（《毛伯簋》），（《班簋》），（《毛公旅鼎》），（《召伯尋》）。「毛」字為象形字，象羽毛形。

254 羽

單 字				
六/子產/21/羽				
偏 旁				
四/篆法/10/瘣	四/篆法/11/瘣	四/篆法/62/瘣	五/湯門/6/龗	五/湯門/6/龗
七/晉文/5/羿	七/晉文/5/羿	七/晉文/5/羿	七/晉文/6/羿	七/晉文/6/羿
七/晉文/6/羿	七/晉文/6/羿	七/晉文/6/羿	七/晉文/7/羿	七/晉文/7/羿
七/晉文/7/羿	七/晉文/7/羿	七/越公/8/帬	七/越公/53/尋	七/越公/54/尋
六/鄭甲/7/鄧	六/鄭乙/6/鄧	七/越公/27/戳	七/越公/54/翏	七/越公/54/翏

七/越公/56/翏	七/越公/56/翏	七/越公/57/翏	七/越公/8/罶

《說文·卷四·羽部》:「羽,鳥長毛也。象形。凡羽之屬皆从羽。」甲骨文「羽」、「翼」二字同字,羽(《合集》6574),羽(《合集》1526),羽(《合集》23004)。金文羽(《梓桃角》),羽(《邤其卣》),羽(《盂鼎》)。季師釋形作:「甲骨文『羽』字象翼部羽毛,蓋鳥長毛主要長在翼部上,因而甲骨文此字有『羽』、『翼』二讀。戰國以後『羽』字中部分開為二體,與甲骨以來的字形差別較大,而與甲骨文的『慧』字同行。」〔註274〕

255 飛

單 字				
飛				
六/子儀/8/飛				

《說文·卷十一·飛部》:「飛,鳥翥也。象形。凡飛之屬皆从飛。」甲骨文形體未見可以確釋為「飛」字的形體,《秦公鎛》「翼」字所從為:飛。中部或為鳥軀幹,兩邊為鳥羽翅。上為鳥尾。

256 非

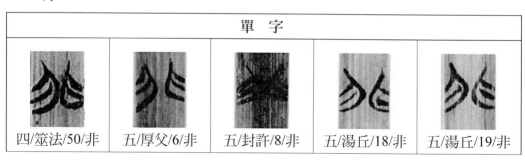

單 字				
四/筮法/50/非	五/厚父/6/非	五/封許/8/非	五/湯丘/18/非	五/湯丘/19/非

〔註274〕季師旭昇:《說文新證》,頁281。

五/三壽/5/非	五/三壽/5/非	五/三壽/7/非	五/三壽/7/非	五/三壽/8/非
五/三壽/8/非	五/三壽/8/非	五/三壽/17/非	六/子儀/1/非	六/子儀/6/非
六/子儀/10/非	六/子儀/52/非	七/趙簡/1/非	七/趙簡/2/非	七/趙簡/3/非
七/越公/56/非				

　　《說文・卷十一・非部》：「非，違也。从飛下翄，取其相背。凡非之屬皆从非。」甲骨文形體寫作：非（《合集》16927），非（《合集》32126），非（《合集》10977），非（《屯南》82）。金文形體寫作：非（《傅卣》），非（《班簋》）。季師釋形作：「自行實從二人相背形，因而有違義，上加短橫，或為與『北』形相區別。金文以後形體漸訛，《說文》遂以為象鳥翅相背，且字形訛變不正。」〔註275〕

〔註275〕季師旭昇：《說文新證》，頁825。